마음에 별 하나
심을 수 있다면

도서출판 문장

마음에 별 하나
심을 수 있다면

1판 1쇄 인쇄 2022년 3월 25일
1판 1쇄 발행 2022년 4월 3일

발행처 도서출판 문장
발행인 이은숙

등록번호 제2015-000023호
등록일 1977년 10월 24일

서울시 강북구 덕릉로 14(수유동)
전화 02-929-9495
팩스 02-929-9496

마음에 별 하나 심을 수 있다면

2022

도서출판 문장

차례

초대 문인

머리말

마음에 별 하나 심을 수 있다면

마스크를 써라. QR코드를 찍어라. 2주간 격리해라. 백신을 맞아라…….

우리 살아생전에 이렇게 많은 규제를 받아 본 적이 언제였을까?

끝도 없는 명령과 지침에 우리는 옴짝달싹 할 수가 없을 지경이다. 파닥이며 거부하던 온몸이 이제는 서서히 무감각해지며 익숙해지려 한다.

우리는 몰랐다. 자유라는 것이 이렇게 쉽게 억압되고 상처 입을 수 있는 것임을. 그리고 이렇게 오래 우리의 억압이 지속될지를…….

글쓰기를 사랑하는 사람, 문학을 좋아하는 사람들이 모여 문집을 엮던 2021년만 해도 코로나 겨울은 가고 봄이 곧 올 줄 알았다. 하지만 그 봄 소식은 요원하다. 이제 온다, 저제 온다 외치던 양치기 소년은 어느덧 거짓말쟁이가 되었다. 누구도 소년의 말을 믿지 않게 되었다.

인간이 인간을 규제하고 서로 멀리하며 만나지 못하는, 참으로 가슴 아픈 시절을 우리는 살고 있다. 삶이라는 것이 녹록지 않음을 알았지만 이 지경에까지 이르고 보니 미래는 그 누구도 예단할 수 없다.

그래도 고개를 들어 밤하늘을 보면 변함없이 우리를 지켜 주는 것 하나, 별. 그 별은 우리를 기대하지도 조종하려 하지도 않는다. 그저 그곳에 별이 있음에 감사하다. 그래도 변하지 않는 존재가 늘 우리 머리 위에 있음을. 별을 바라보는 마음, 간절한 염원을 담은 몇 편의 글들을 세상에 내놓는다.

문학은 우리를 규제하지 않아 자유롭다.

2022. 3. 기획위원 일동

1부

권미정
김용한
남혜진
문이식
박기태
박정원
배정인
산수현
소다희
송미숙
신원건
안태연

가끔은 혼자

권 미 정

한 번도 실수한 적이 없는 사람은 한 번도 새로운 것에 도전해 본 적이 없는 사람이다.

알버트 아인슈타인

언제나 처음은 어렵다.

상급학교 입시를 준비하는 학생들에게 자기소개서 쓰는 방법을 지도한 후, 학습관이나 목표 등을 자신만의 이야기로 만들어서 초안이라도 먼저 메일로 보내라고 하면 꽤 오랜 시간을 기다려야 한다. 학생들은 과거. 현재. 미래 그리고 가치관이 무엇인지 고민하고 또 고민하면서 갈등한 흔적의 내용을 멋쩍게 보내주곤 한다.

자기소개서가 입시의 수단으로 이용되는 쓸데없는 자료라고 말하기도 하지만, 최소한 내가 지도한 학생들은 다음과 같은 자기 성찰의 기회를 가지는 좋은 기회였다고 믿는다.

'나는 누구인가?'

'나는 무엇을 목표로 살아야 하는가?'

'나는 무엇을 했고 앞으로 무엇을 해야 할까?'

그런데 그 질문을 언젠가부터 나 자신에게 되뇌고 있었다.

'나는 누구인가?'
'나는 무엇을 향해 나아가고 있는가?'
'나는 주어진 삶에 충실한가?'

하루 종일 바쁜 와중에도 공허함이 다가올 때면 부족한 나를 되돌아봤고, 잃어버린 조각을 찾고자 노력했다. 그렇게 혼자만의 여행이 시작되었고, 마음 한 구석 공허감은 점차 미지의 설렘으로 채워졌다. 그 시기의 외로움과 방황은 새로운 세상을 도전해보겠다는 자유의지의 시작이자, 세상을 바라보는 긍정적 자세의 시작이었음을 이제야 알겠다.

2014년 뉴욕

현지에서 공연하는 브로드 웨이 뮤지컬을 생생하게 보고 싶다는 강렬한 마음으로 뉴욕 행 비행기 티켓을 구입했다. 매일 아침 10시 출근 저녁 10시에 퇴근하는 바쁜 일과로 인해 여행 계획을 짜는 것은 무리였지만 실행이 우선이었다. 항공권과 숙소만을 먼저 정하고 여행 안내서를 구입 후 나머지 계획은 기내 안에서 결정하면 된다고 다독였다.

배낭하나 달랑 메고 뉴욕에 도착. 입국 인터뷰가 매우 까다로운 절차를 무사히 통과한 후 실수와 머뭇거림. 눈치 보고 따라 하기 여행을 시작했다. 식사는 주로 마켓에서 구입하기. 애비뉴(Avenue)와 스트릿(Street) 파악하여 동선 짜기. 교통수단은 절대 먼저 타지 않고 앞선

사람 따라 하기, 밤늦은 시간 돌아다니지 않기. 혼자만의 규칙을 정하며 제법 뉴요커다운 모습으로 점점 당당해지기 시작했다.

여행 중 나만의 큰 사건은 브룩클린에 도착하면서 화장실을 찾아 헤맸던 경험이다. 처음에는 공중화장실을 찾았지만 찾을 수 없었고, 식당 화장실을 가기에는 이른 시간이라 대부분 문을 닫았고, 쇼핑센터에 들어가서 물건을 사고 위치를 물어보지만 의사소통부족인지 이 건물에는 직원용만 있다고 거절당했다. 의기소침해진 나는 더 이상 브룩클린에 머물 수 없다고 결정한 후, 다시 지하철을 타고 맨하탄으로 돌아와야 했다. 수년이 지났지만 지금도 똑같은 상황을 마주한다면 그때와 마찬가지로 행동할 것 같다.

2016년 시코쿠

시코쿠여행은 나오시마 섬 바닷가에 설치된 쿠사마 야요이의 호박작품을 보기 위해서였다. 나중에 알게 되었지만 야요이의 호박작품이 제주도의 본태박물관에도 전시되어 있음을 알고 허탈한 기분이 살짝 들기도 했다.

나오시마 섬에 들어간 그 날은 으스스하고 비가 내려 혼자 다니기에는 부담스러웠다. 3~4개 정도의 미술관과 섬 전체가 박물관처럼 꾸며져서 골목을 돌아다니다 보면 예쁘고 아기자기한 모습이 엿보였다. 우산 쓰고, 가방 메고, 안내지에 나온 지도를 보면서 축축한 길을 걷다가 어디서부턴지 길을 잘못 들었다는 사실을 깨달았다. 당황함은 당황함을 낳고 혼란 그 자체 침착함까지 상실해 버렸다. 골목길을 다닐수록 더욱 미로에 빠진 느낌이 들고, 예쁘고 앙증맞은 관광길은 사라지고 가끔은 허허벌판, 가끔은 농사기구가 가득한 농장으로 인도된다. 사람도 안보이고 참담하다.

꽤 오랫동안 헤매다가 허름한 농가에 일하는 노인을 발견했다. 망설임은 잠시 어디서든 모르면 물어보자! 는 마음으로 안내지를 펼쳐 손짓발짓으로 열심히 설명하며 위치를 물어봤다. 친절한 일본인 할아버지 또한 바디랭귀지와 여행지도를 들여다보면서 소통하려고 애썼고, 목적지가 안도타다오의 지추 미술관임을 확인했다. 위치 설명이 불가능했던 건지 그는 농기구가 가득한 작은 용달차로 목적지로 태워주겠다고 했다. 인신매매? 납치? 아주 살짝 두려움이 엄습했지만 그 분을 믿지 않으면 오늘 내에 배를 타고 숙소로 갈 수 없었기에 믿어야 했다.

친절한 그 분은 박물관까지 운전해주셨고 안으로 들어가는 낯선 한국인의 뒷모습을 끝까지 확인 후 출발하셨다. 의사소통도 힘들고 표현도 제대로 할 수 없었지만, 세상에는 따뜻한 분이 참 많다는 마음으로 감사함을 대신했다.

투어를 마친 후, 정박하고 있는 배를 향해 달려가면서 저 배를 타지 않으면 미아가 될 수 있다는 두려움과 분명 숙소로 가는 교통수단일거라고 위안하면서 출발 3분전에 힘들게 도착했던 기억 등. 어쩌면 이런 덤벙대고 위험을 자초하는 실수들의 반복으로 혼자 여행을 포기할 수도 있었지만, 혼자라서 겪는 허둥댐은 오히려 '나'를 더욱 강하게 단련시키는 원동력이자 도전의 즐거움이었다.

2018년 나고야

나고야는 시작부터 엉뚱한 여행이었다.

페이스 북을 탐색하다가 어느 날 일본 홍보 관광 사이트에 꽤 많은 눈에 수북이 덮여있는 지붕이 꽤 독특한 눈 쌓인 마을을 소개한 사진이 눈에 띄었다.

시라카와코 라이트투어에서 직접 찍은 사진

처음에는 '멋진 곳이네!' 로 무심히 넘겼고 두 번째 나올 때는 '이게 뭐지?' 그리고 세 번째 볼 때는 '도대체 시라카와코가 어디야?' 하고 호기심에 못 이겨 블로그를 찾아보기 시작했다. 인터넷을 통해서도 정보를 찾기가 쉽지 않았다. 이 장소가 왜 이렇게 신비로운지, 일본 어디에 위치해 있는지. 어떤 경로를 통해 갈 수 있는지 등 블로그를 찾아서 읽어보고 연결점을 찾아 다시 블로그를 들어가는 방법으로 머릿속에 정리하기 시작했다.

일반인에게도 거의 알려지지 않은 미지 세계로의 여행을 결정 한 후, 나고야지역을 조사했다. 나고야도시는 오사카나 도쿄만큼 매력 있어 보이진 않았지만, 나고야를 통해서 갈 수 있는 시라카와고는 죽기 전에 꼭 가보고 싶은 여행지가 되었다. 일에 치여 시간은 없고 지역은 너무 낯설고 2년 전 나오시마 여행과는 또 다르게 조심스럽다. 그 당시 홀로 여행한 중년여자의 사망과 배낭여대생의 납치를 다룬 베를린 사건 등 유난히 많은 기사를 읽으면서, 내면의 두려움이 잠시 계획을 멈칫하게 했다. 만약 여행에 대한 미지의 두려움과 걱정을 극복하지 못한다면, 삶의 무게는 더 무거워 질 수도 있으니 최대한 안전이 보장되는 전제 하에 계획을 서둘러보자고 다짐했다.

동행인이 옆에 있다면 실수도 줄이고 먹고 싶은 것이 있으면 같이 먹고, 함께 한다는 여행의 장점이 있다. 하지만, 혼자만의 여행은 도전을 통해 한계를 극복하고, 일상에서는 느낄 수 없는 전율을 경험하기에는 더할 나위 없다.

타카야마 이상으로 눈이 펑펑 내렸던 게로 지역은 더욱 당황스런 기억을 선물했다. 구글 지도는 마지막 밤 묵을 숙소를 안내했고 호텔 간판을 보자마자 안도의 한숨을 쉬며 발걸음을 빠르게 움직였다. 체크인을 하기 위해 예약 확인서를 보여주었더니 직원이 당황한 얼굴로 예약은 게로 지역이 아니라 나가노의 스메이유칸으로 되어있다고 말한다.

이런! 결국 대 실수! 이게 '나' 였구나. 날씨는 춥고, 호텔경비는 날아가게 생겼다. 혼자 여행하는 중년여자의 얼굴에서 당혹감을 눈치

챈 건지 직원은 걱정하지 말라면서 다행히 이곳에는 1인실이 남아 있고 나가노에 묵을 계획이 없다면 호텔 측에서 취소를 해주겠다고 얘기했다.

오래 전 점심을 먹다가 입안 어딘가에 생선가시가 걸려서 한나절 어떻게 해도 빠지지 않아서 반차를 내고 병원에 갔는데 의사가 입안을 한번 들여다보더니 아주 쉽게 가시를 뽑아준 적이 있다. 그때 너무 고마워서 나도 모르게 의사선생님께 90도 이상의 절을 했다. 이 직원에게도 그때의 마음처럼 감사의 인사를 했다.

혼자여행은 생각이 멈춘 것처럼 실수도 많고, 당황과 반성을 반복한다. 다음날에도 어김없이 실수를 거듭하면서 나고야 행 기차를 탔다. 기차에 탑승하면서 여행의 끝을 무사히 마무리했다는 안도감이 생겼다. 출발 전 완벽한 계획과는 다르게 시간의 오차, 순간의 실수, 길을 잃어버리는 등 예측할 수 없는 돌발 상황이 닥칠 때마다 친절함과 감사한 분들 덕분에 위기를 넘겼다.

2019년 홀로여행의 도전은 코로나 유행으로 잠시 멈췄고, 여행으로 극복하던 공허감도 코로나로 인해 숨죽이고 있다. 그리움으로 기억을 가끔 떠올리면, 여행의 순간마다 실수와 무모한 행동에 아찔하다. 그때 실행에 옮기지 않았더라면 지금은 감히 경험할 수 없을 용기와 기백. 같은 '나' 지만 결코 지금과 같지 않은 그 시절의 '나'의 모습에 박수를 보낸다. 코로나시대가 저물고 새로운 시대가 오면 다시 그때의 용감한 내가 될 수 있을까?

'나는 여자이기에 앞서 사람이로소이다.'

조선 최초의 서양화가 나혜석씨는 그 당시에는 파격적이고 당돌한 여성이었다. 21세기인 현재도 매순간 자신을 새롭게 발전시키는 혁명가가 되어야 한다.

또 다른 시대를 맞이할 '나'는 더 많은 실수를 거듭하면서 작은 도전을 꿈꾸고 있을 것이다.

프로필

- 영재교육학 석사졸업
- 현재 (주)와이즈만은평 대표

학생을 닮은 선생

김 용 한

특수학교에 오래 근무하다 보면 왠지 모르게 교사들은 장애 학생들의 모습을 닮아간다고 한다. 그것은 어쩌면 다양한 특성을 가진 학생들의 마음을 더 깊이 이해하고자 노력해 가는 과정 중에 일어나는 자연스런 현상인지도 모른다.

국립한국선진학교 교사로 근무하던 때의 일이다. 연일 가을 운동회 연습으로 바쁜 일정을 보내고 있던 어느 날이었다. 식당 앞에서 체육복을 입은 한 여학생이 바닥에 미끄러져 넘어졌다.

"학생! 다치지 않았니? 조심해야지!"

교감 선생님이 그 학생의 손을 잡아 일으키려고 하자 그 학생은 벌떡 일어나 부끄러운 듯 얼른 자리를 피했다. 알고 보니 우리 학교 학생이 아니라 본교에 교육실습을 나온 E대학교 특수교육학과 4학년 학생이었던 것이다. 이 광경을 목격한 사람들과 함께 한바탕 웃기는 했지만 그 장면을 보면서 그동안 장애 학생들과 함께 지내면서 겪었던 나의 옛 기억들이 새삼 떠올랐다.

대구대학교 부속 지적장애학교인 대구보명학교에서 자원봉사자로 활동하던 대학 1학년 때의 일이다. 매주 화요일 오전, 초등학교 5학년 1반에서 담임교사의 요청에 따라 학생들의 학습지도를 도와주고 있었다. 그런데 5학년 2반 선생님이 우리 교실로 황급히 뛰어들어 오셨다.

2교시에 교육청 장학사님 앞에서 본교 '리듬합주단'이 연주를 해야 하는데 큰북을 담당하는 학생이 감기로 결석을 하여 나에게 대신 큰북을 쳐달라고 부탁하였다. 담임교사의 허락을 받아 얼른 옆 교실로 가서 연주할 곡을 합주단과 한번 연습한 후, 마침 학교를 방문한 장학사님과 교장선생님 앞에서 다소 긴장된 자세로 지휘하는 선생님만 쳐다보고 박자에 맞추어 큰북을 힘껏 쳤다. 연주가 끝나자 장학사님은 합주단 학생들을 큰 박수로 격려하면서 하시던 말씀이 지금도 내 뇌리에 생생하게 남아있다.

"저 큰북 치는 학생, 정말 북을 잘 치는군요! 선생님께서 그동안 가르치시느라 애 많이 썼겠습니다."

담당 선생님은 나를 쳐다보시며 어색한 표정을 지으셨다. 나도 얼떨결에 당한 일이라 변명 한마디 못하고 그냥 멋쩍게 웃으며 가만히 있을 수밖에 없었다. 그날 이후로 거울을 볼 때마다 정말 내가 우리 발달장애 친구들과 닮았다는 생각이 들었다. 그래서 이들의 마음을 더욱 잘 이해하기 위해 말과 행동을 따라 해보기도 했다. 나의 이러한 모습을 학생들은 좋아했고 나도 이들이 친한 친구처럼 느껴져서 결국 대학 3학년 때 세부 전공 분야를 지적장애로 선택하게 되었다

그 후 국내 최초의 공립 특수학교인 대구남양학교에서 교육실습을 받을 때 또 하나의 웃지못할 해프닝이 있었다. 나는 중학교 3학년 반에서 교육실습 지도를 받고 있었는데 운동회날 우리 중학교 학생들의 '고지 탈환' 필드 경기 때 백군의 학생 수가 한 명 모자란다고 지도교사는 나더러 그 경기에 함께 참여하도록 권면하셨다. 망설일 겨를도 없이 나는 얼른 학생체육복을 갈아입고 백군 팀의 뒤편에 줄을 서서 입장하게 되었다. 우리 반 학생들 중 나보다 덩치가 더 큰 학생도 있어 교생으로 보이지 않아 경기에서 열심히 활동한 후 응원석으로 퇴

장하였다. 다시 다른 경기의 진행을 도우려고 학부모 대기석 앞을 지나가는데 어느 두 학부모님이 나를 두고 나누던 대화가 그야말로 걸작이었다.

"저 녀석은 겉으로 보기에 멀쩡한 것 같은데 왜 우리 학교에 왔지?"

"우리 자식도 인물이야 좋지요. 다만 인지 발달이 잘 안 되니 그것이 문제지요."

이제는 의심할 여지도 없이 지적장애 학생으로 낙인이 찍힌 셈이다. 그래서인지 그런 말을 들어도 기분이 나쁘거나 부끄러운 생각이 들지 않았다. 오히려 우리 학생들과 더욱 자연스럽게 어울릴 수 있어 좋았으며, 또한 그러한 인연들을 소중히 하고 싶었다.

대학 졸업 후 초임 교사 발령 때는 초등학교 5학년 담임을 맡았다. 첫 발령지는 대학 시절 4년간 자원봉사 활동을 했던 대구대 부속 대구보명학교였다. 첫 근무학교인 만큼 남다른 애정으로 학생들을 가르치고 동료 교원들에게도 배우는 자세로 궂은일도 맡아 열심히 일했다. 이러한 적극적인 근무 태도 때문이었는지 그 이듬해에는 초등학교 신입생 반을 맡게 되었다. 원래 초등학교 1학년은 경력 많은 베테랑 교사가 맡는 것이 일반적인 관례인데 교장선생님은 발달장애 학생들의 기초 체력과 사회적응력을 일찍부터 키워야 한다며 학생들을 좋아하고 그들과 잘 어울리는 나를 믿고 맡겨 주신 것이다. 특히 그 당시 부모님들은 특수교육에 거는 막연한 기대가 대단했다. 자기 자녀의 장애 정도와는 상관없이 특수학교에 입학하기만 하면 지능발달이 향상되고 졸업 후 사회에서 일상생활을 잘 할 수 있을 것이라고 믿고 있던 터였다.

당시 우리 1학년 2반 학생들 중에 광민(가명)이라는 다운증후군을 가진 학생이 있었다. 항상 익살스런 표정과 몸짓으로 주변 사람들에게 즐거움을 주고 음악 소리가 들리면 즉흥적으로 막춤을 멋지게 추는 재간둥이었다. 광민이는 다소 언어 표현력이 부족했지만 혼자 춤을 신나게 추다가 힘이 들면 나에게 다가와 손을 잡아끌며 같이 춤을 추자고 몸짓으로 제안했다. 그럴 때는 광민이의 얼굴 표정과 춤을 따라 추면서 함께 흥겨운 시간들을 보내기도 하였다.

이렇게 학생들과 즐겁게 지내는 나의 모습을 1년간 유심히 지켜보던 광민 어머니가 종업식 때 헤어지기 서운한 마음을 담아 당신의 속내 이야기를 하였다.

"선생님! 한 해 동안 우리 아이들을 지도하시느라 정말 수고 했심더. 고맙고요. 그런데 입학식 날 선생님 얼굴을 처음 봤을 때 우리 광민이와 많이 닮았기에 앞으로 잘 가르치면 광민이도 학교 선생은 시킬 수 있겠다는 생각까지 했심더." 하며 멋쩍게 웃으셨다.

그날 이후 나는 학생들과 얼굴 모습이 닮았다는 것에 더욱 깊은 동류(同類)의식을 가짐과 동시에 이들의 약점보다는 강점을 늘 기억하며 함께 즐기고 더불어 행복하게 지내려고 노력하였다.

광민 어머니는 내가 대구보명학교를 떠나 안산시에 위치한 국립한국선진학교로 전근을 한 후에도 계속 안부 전화와 소식을 전해 주셨다. 광민이는 그곳에서 고등학교를 졸업하고 인근 장애인작업장에 취업하였다고 한다. 지금도 아마 자신의 끼를 발산하며 다른 사람들에게 신선한 웃음을 선사해주고 있으리라 생각된다.

나는 작년 8월말로 38년간의 특수교육 교직생활을 마무리하고 정년퇴임을 하게 되었다. 그동안 많은 발달장애 학생들과 그 가족들, 그리고 동료교사들과 마라톤과 같은 먼 길을 달려왔다. 특수교육현장은 학생들의 안전과 생활지도, 다양한 행사 등으로 늘 긴장되고 분주한 나날이었지만 돌이켜보니 그동안 하나님의 은혜 안에서 많은 분들의 도움과 가르침이 있었기에 교직의 길을 완주할 수 있어 정말 감사한 마음이다.

그래서 남은 생애 동안도 발달장애 제자들의 순수하고 밝은 모습들을 닮아가려고 노력하며, 또한 장애 자녀로 인해 무거운 짐을 지고 달리는 부모들에게 힘과 용기를 주며 함께 달리는 '페이스 메이커' 역할을 감당해 나가고자 한다.

★ '특수교육교사'의 사명(6행시)

- 〈특〉별한 소명 의식을 갖고 전공을 특수교육으로 선택하였으니
- 〈수〉동적인 모습이 아니라 적극적인 의지로 끊임없이 학문 연마에 힘쓰고
- 〈교〉육 현장에서 만나는 모든 장애 학생들의 꿈과 끼를 파악하기 위해
- 〈육〉체적 피로함 속에서도 교내 수업뿐만 아니라 다양한 현장 체험 활동을 실시하고
- 〈교〉육자로서의 기본적인 소양과 교육 전문가로서의 실력을 쌓아
- 〈사〉랑과 헌신으로 장애 학생의 생활 자립과 삶의 질을 높여가는 일에 최선을 다하며, 보람과 긍지를 갖는 것이 우리의 사명이다.

★ '용인강남학교' 교직원 강령(6행시)

- 〈용〉서하는 마음으로, 서로의 잘못을 관대하게 용납하며 화해하는 마음을 갖도록 하겠습니다.
- 〈인〉내하는 마음으로, 학생지도와 업무 추진에 인내와 끈기로 열심을 다하겠습니다.
- 〈강〉점을 살리는 마음으로, 학생의 약점보다 강점을 찾아 칭찬하

고 격려하겠습니다.

- 〈남〉을 배려하는 마음으로, 남을 나보다 낫게 여기며 존중하고 섬기겠습니다.
- 〈학〉식과 인격을 닦는 마음으로, 수업 준비와 연구 활동과 함께 성숙한 인격을 갖추도록 노력하겠습니다.
- 〈교〉육 가능성을 믿는 마음으로, 교육을 통해 누구나 성장한다는 확고한 믿음을 갖고 학생들을 지도하겠습니다

프로필

- 대구보명학교, 한국선진학교 교사 근무
- 밀알학교 교감, 용인강남학교 교장 근무후 정년퇴임
- 강남대학교 사범대학 강사
- 주)프로네오 여행사, 기독교 문화유산 해설사(프리랜서) 활동

인간의 위대함과 나의 삶을 대하는 자세

남 혜 진

인간은 선사시대부터 꾸준히 발전하여왔다.

그 과정이 순탄치만은 아니하였기에 여러 종족과 자신들의 종족만을 발전시키고자 하는 이기심에서 비롯된 종족 말살까지 이르며, 현재의 호모 사피엔스 사피엔스라는, 배려와 공동체 의식의 사회성을 가진 우리가 현재 문명시대를 이끌어 가는 인간으로 생활하게 되었다.

에피소드1

인간의 역사를 보자면 다양하게 발전을 해온 것은 당연한 사실이다. 종이의 앞면은 금빛으로 우주까지 넘나드는 다수의 화려한 자랑으로 가득 차 있다. 반면 종이를 뒤집어 보면, 인간의 역사에서 금빛 찬란한 쾌거만큼의 어두움이 가득 차 있으므로 나의 자손들에게 부끄러움과 미안함을 갖게 된다.

그러한 뒷면에서 시작되었을까? 인간이 우월주의에 빠지며 다수의 뜻에 이끌려 살아가고, 동족임에도 소수의 인간은 인정해 주지 않으면서 다수의 그들이 '소수의 약자'라며 본인들이 인정한바 없는 일반어로 부르게 되었다. 물론 자연스러운 시대의 흐름에 맡겨져 지금에 이르게 된 결과일 것이다.

한편, 방만하여 물질주의만 쫓아간 일부의 잘못된 행동으로 병들어 가던 지구에서 생명체 가운데에서 우리 인간 또한, 같은 생명체 역할임을 잊지 않고, 반성하며 살아온 다수의 사람들이 많은 고비를 넘기며 함께 힘을 합쳐 버텨내어 지금도 멋진 역사로 이어져 가고 있게 된 것이 아닐까?

우리는 얼마 전부터 예전의 우리 인간들이 자신의 영토 확장을 위해 사용하였던, [〈총 균 쇠〉 (제러드 다이아몬드)에 의하여 순진한 원주민들을 학살시켜 왔던] 그 방법처럼 돌려받고 있다. 어느 정도까지는 인간사회에서만 야만적인 일들을 역사에 묻어 감추더니 이제는 넘지 말아야 할 선을 넘은 건지, 자연으로부터 무방비 상태로 당하고 있다. 우리가 잘 아는 최근의 예로는 에이즈, 사스, 메르스 등. 공포로 인한 정신적인 부분에서부터 물리적인 죽음으로까지 몰아넣고 있다.

그래도 우리는 나름 방어법을 꾸준히 찾으려 애쓰며 인간이 발명한 완전한 치료제 병명은 거의 없지만, 지혜롭게도 증상을 완화 시키거나 이겨 낼 수 있도록 면역강화제와 통증 완화제 등의 방책들을 찾아 생활에 지장이 없도록 하여왔다.

안타깝게도 지난 2년 전쯤 '코로나19'라는 세균으로부터 전 세계가 공격받기 시작하더니 경제적, 정신적인 면은 물론이고 일상생활에 있어서 그동안 겪어보지 못한 팬데믹(Pandemic) 상태에 이르게 되었다. 부자, 극빈자, 선한 자, 죄인 등 가리지 않고, 무던히도 공평하게(?) 공격을 당하고 있다. 이것들이 얼마나 영리한지 스스로 업그레이드를 하며 괴롭힌다.

그러나 이 또한 여태껏 그러하여 왔듯이 인류는 끈질기게 이겨내는 위대함을 다시 후손들에게 보여주며 다음 세대에도 보고 배우며 그들 또한 지구를 지키는 일에 앞장서며 우리 시대보다 더 나은 시대를 만들어 나갈 것이라 기대한다.

에피소드2

나의 딸은 현재 다수 인간의 언어로 '발달장애아'라 불린다. 그 와중에 생각을 한 칸 더 깊게 하시는 분들로부터 '느린 학습자'라 불리기도 한다.

그렇다면 내가 말 머리에서 왜 선사시대까지 올라가서 이야기를 시작하게 된 것일까. 현 인류가 처음부터 지금과 같은 문명은 아니었기에, 발전되어오는 과정이 있었다는 것을 안다. 그렇다면 늘 다수의 인간에게 이끌려 역사가 만들어졌을까? 가끔은 소수의 강한 의지로부터 변화된 일도 있었다. 다수만이 옳다는 것이 아니고, 소수만이 옳다는 이야기도 아니다. 또한 아주 옛날보다 오히려 현대에 와서는 액세서리로까지 사용되는 안경이 부끄러운 시절도 있었고, 지금에서야 훌륭한 예술가들이지만, 과거엔 천박한 대우를 받던 것이 예술가이다.

이처럼 시대가 돌고 도는 것을 알기에 역사를 공부하여 미래를 계획하기도 한다. 그러함에 이제는 우리가 장애인이라는 생각을 조금만 배려의 마음으로 나와 다른 사람일 뿐, '사물의 성립이나 진행의 방해를 하는 뜻과 신체기관이 본래의 제 기능을 하지 못하거나 정신 능력에 결함이 있는 상태'의 의미가 아닌 함께 우리가 공존하며 살아가는 나와 다른 사람들로 마음 열어 다양한 인간의 공존을 인정하여 장애뿐만 아니라 모든 인간에게는 차별이라는 프레임이 사라지길 바라는 마음이다.

우리 가족의 이야기를 담은 〈경계선에 선 아이들〉이라는 책이 느린 학습자를 위해 번안하여 도서를 출간하는 곳에서 발행된 것도 나에겐 큰 의미가 더해졌다. 거기에 한 발 보태어 1쇄 분량이 품절이라는 소식에 나 자신도 신기하고 놀랐다. 나 같은 마음을 가진 사람들이 있다는 확인에 감사하고, 이래서 인간이 위대할 수 있다는 희망을 품고 포기하지 않고 꾸준히 살아갈 동기를 다시 다지는 경험을 하였다.

책에서 '지우'라고 불리는 울 아이를 11살 때부터 한 달 반이라는 시간을 매년 서울팀 선수 합숙소에서 보내며 잘하고 좋아하는 운동을 찾아내어 만나게 된 감독님을 통하여 인정받고 지우의 새로운 인생이 시작되었다. 정말 감사한 일이다.

이후 한 해도 거르지 않으며 여름엔 육상, 겨울엔 노르딕에서 메달을 받아오면서 지우의 자존감도 한층 더 높아지고 치료실에서 습득하기에는 한계가 있을 사회적 성숙도 또한 눈에 띄게 발전해 가는 모습을 보면서 뿌듯했다.

그러다 6학년 졸업여행 전날 응급실에 가게 되었다. 부정맥과 고열에 걷지도 못할 심한 현기증까지…. 졸업 여행의 아쉬움도 컸지만, 일주일 동안 입원 중에 빠진 진료 과목 없이, 모든 검사를 거쳤지만, 아무도 지우와 나에게 원인도, 무슨 영문인지도 들려주지 않은 채 퇴원을 한다는 것이 더욱 안타까운 일이었다. 그러더니 그해부터 달리기만 하면 비틀거리는 것이다. 그래도 겨울 노르딕 합숙 때는 메달을 받아오는 게 신기했다. 차분히 궁금증을 물어보니 6㎞ 돌면서 지우도 오르막을 뛰어오를 땐 엉엉 울면서 돌고, 내리막에서는 넘어지며, 얼굴이 까져가는 어려움을 참고 속으로는 끝까지 포기하지 말고 달려야겠다는 생각으로 완주한다는 것이었다. 나도 그 사실을 몇 해나 지나서야 들으면서 울컥했다. 그저 관람석에서는 잘 그려진 출발점과 도착점 외에 보이지 않고, 고개를 넘어 산을 돌고 돌아 6㎞가 완성되는 걸….
전광판의 기록만 지켜보던 입장에서는 들어오는 곳으로 빨리 달려가 눈물 콧물을 닦아주며, 그저 찬바람 때문이겠거니 생각하며 사진 찍기에 급급했던 나의 행동이 부끄러워졌다.

그런데 노르딕은 발달장애 부분에서 패럴림픽에 없는 종목이라는 것을 듣고, 지우가 원하는 국가대표로의 길을 생각하다보니, 달리지 않고 하는 종목들을 살펴보았다. 육상을 포기하면 이제 어쩌나, 대체할 것이 무엇이 있을까? 늘 고민하던 중 가족이 저녁 식사를 마친 음식점 옆에 개업한 탁구장이 보였다. 혹시나 하는 마음에 지우와 방문해 보았다. 관장님께 자초지종을 설명한 후 지우를 잠깐 테스트해보시더니 흔쾌히 제자로 받아주셨다.

그러다 코로나19가 닥치며 훈련도 쉬게 되었는데, 이번에도 또 똑같은 증상으로 응급실을 찾게 되었다. 이때는 음압실을 거친 후에야 입원실을 배정받고 증상 완화를 치료받으면서, 담당의와 함께 정말 원인을 찾으려 무던히도 지우를 귀찮게 해가며 검사를 했지만 결과는 마찬가지였다.

2020년은 우리 모두가 힘든 한해였다. 돌아보면 지금이 더 심각한 상태이긴 하지만…. 도쿄 올림픽도 다음 해로 미루었으니 알 만하다. 그러고 보니 2021년도에 더 많은 환자가 넘쳐나고 사망자 수도 늘어났다. 그래도 2020이라며 도쿄올림픽도 백신접종이 진행되면서 마치고 올 2021년은 작년보다 스포츠 실내체육관들도 입장 할 때 방역 시스템들을 구비하고, 지우도 열심히 새로운 마음으로 포기하지 않고 탁구라는 종목에 도전하고, 주위로부터 가능성을 인정받으며 9월에 있을 전국장애학생체전을 준비하였으나 불어나는 확진자들의 수치에 못이기고 기약 없는 경기일 연기에 지쳐가고 있었다. 그냥 힘들다고, 그만두고, 쉬고, 싶다고도 하면서 지우가 좋아하는 걸그룹 트와이스를 만나기 위해 국가대표의 꿈을 놓지 않았다.

그러던 중 공영방송사 프로그램에 참여한 지인의 추천으로 가수 션이 진행하는 프로그램을 만나게 되어 지우도 TV에 출연하면서 하루 동안 즐겁게 촬영을 마쳤다. 그렇게 끝난 줄 알았는데 션이 지우가 트와이스를 좋아한다고 이야기한 것을 흘려듣지 않고, 트와이스 멤버들 친필 사인과 응원의 메시지가 적힌 앨범을 집으로 보내주었다. 지우에게도 우리 가족에게도 정말 놀라운 깜짝 선물이었으며, 단지 선물로 그치지 않고, 지우에게 쉬지 않고, 포기하지 않고, 연습에 매진하게 하는 촉매제가 되어 주었다.

그리고는 2021년 11월에 그동안 미루어져 있던 전국장애학생체전이 개최되었다. 지우가 처음 서는 자리인 만큼 긴장하고, 떨고, 얼어있는 모습이 보여 안타까운 마음으로 경기를 지켜보았다. 그 결과로 서울시에 금메달을 안겨 주었다. 지우 관련 주변분들 역시 함께 기뻐해 주셨다. 지우가 평소 실력을 잘 발휘할 수 있도록 앞으로도 꾸준히 노력한다면, 내년부터는 시니어부로 출전해도 되겠다며, 국가대표의 꿈을 응원해 주었다.

"여러분~ 우리 모두 꿈을 이루기 위해선 끝까지 포기하지 않고, 최선을 다한다면, 우린 할 수 있어요." 라고.

불끈 쥔 주먹을 들고 힘차게 외치던 프로그램에서 션의 마지막 장면이 떠오른다. 나도 우리도 모두 누군가의 희망이 될 수 있도록 그런 삶을 살아가야겠다.

• 프로필

- 전)미술, 공예강사 • 전)미술치료사
- 전)독서지도사 • 장애부모 상담가
- 〈경계선에 선 아이들〉 저자

녹지 마
(촛농)

東州 문 이 식

애초에 밝힐 큰 기대 없이 켜진
그 불 빛은 적당히 분위기만
잡아주면 되는 몫이었는지 모르겠다.

첨부터 넓은 마당을 밝히기에는
발밑은커녕 손금 겨우 비추일
정도였으면 넘치는 량이었는지 모르겠다.

날 때부터 어느 누구 하나도
지 몸 태워가며 애쓰라고 요구하거나
은근 기대하는 사람도 없을테니.

타버린, 녹아버린, 꺼져버린
그리고 사라져 버린 촛농뭉치를
그렇게 남겨진 그을음 진 자국을
긁어내고 닦아내며 원망조로
삐쭉거리지나 않길 바라본다.

묻지 마
(괜힘잘꼭)

괜찮냐고 묻는데
괜찮아야 해서
괜찮다고 답하니
괜찮아 지더라.

힘드냐고 묻는데
힘내야 해서
힘난다고 답해도
힘내라고 하더라.

잘될 거냐 묻는데
잘되야 해서
잘되야 해 답하니
잘될 거 같더라.

꼭 할 거냐 묻는데
꼭 해내야 해서
꼭 하고 싶다 답하니
꼭 안아 주더라.

감지마

(불면증)

불지 않는 바람 기다리다 날이 새듯
오지 않는 사람 기다리다 잠이 들듯
지치고 좀 더 지치면
버티고 좀 더 버티면
잠이 올 거야

그래도 오지 않는 잠은
길 가다 감는 순간에
차타다 기댄 찰나에
충분히 잠들 거야

자려고 하지 말라고
잘하려 하지 말라고
잠 못 잔 나에게 속삭인다.

웃지 마

(꽃비歌)

부는 바람 나무를 스쳐
열매를 떨구면
노는 바람 내 맘을 만져
눈물을 떨구면

보는 내 맘 그 맘을 울려
눈꽃을 뿌리고
우는 그분 이제는 닦아
새 웃음 날리고

웃다 그 맘 알 때는
그저 머물다 말겠지
늦은 후회 일 때는
그냥 쓴 미소 품겠지

불지 마

(하트풍선)

그토록 불어 달라 하던
하트풍선이 터지고 말았다.

끝까지 팽팽해지지 않던
하트 양 귀퉁이에
꽉 찬 바람욕심 바램이
채워지려던 순간
터지고 말았다.

바램 바람이 지나치게
불어 꽃피나 싶은데
꽃 놀란 바람 부는 어느 오늘
넌 터지고 말았지.

천사라고 할까싶은 너의
그 양 눈썹 풍선주름 생긴 걸
못보고 계속 바람 불어재낀 그날
터지고 말았다.

터진 조각 들고 보니
갈기갈기 이런 때 쓰는 말

어릴 적 올림픽 하늘 가린 풍선
터지고 어디로 떨어지나 했는데

터진 너는 어디로 떨어졌나.

하지 마

(Sale de Male na)

와야 하는 새벽이야
오란들 말란들 올 때면 오더이다.
만나야 하는 인연이야
보챈들 보낸들 볼 때면 보더이다.
가야하는 소명이야
말란들 하란들 해내야 하더이다.

찾지 마
(춤추는 풀에서 바람을 보다)

먹구름 뒤에 맑은 하늘
흐른다 모든 건
바람 불듯 지나가듯
서두르라 재촉하지 않아도
하늘은 항상 푸르듯
내 호흡으로 숨 쉬고 있으면
곧 오든 더디 오든
구름 지나듯 올 것을
바람 곁에 기대어
춤추는 풀에서 바람 찾듯

끄지 마

(연탄과 집게)

미션 옆에 솔루션이 있는 것은
연탄 옆에 연탄집게가 있는 것과 같다.
그리 멀지 않은 아니 바로 옆.
연탄이 세상에 나오던 같은 날.
이상하게 생긴 집게도 함께 나왔다.

불을 피우려면 챙겨야 하는 조건이 많다.
필요한 것은 시간 맞추는 부지런함.
집게 잡는 힘 조절.
들어 올릴 근력.
구멍 맞추는 디테일.
연통 청소 등등.

답을 알아도 불을 꺼트리는 경우도 많다.
때론 너무 부지런하게 일찍 갈아서.
뜨거워죽고.
때론 엉뚱한 구들이 깨져 가스에 죽기도 하는데

불을 가는
즉 답을 찾는 목적이
따뜻하게 자고 살기 위함인 것을 잊거나

관계에 금이 가는 줄 모르고 다루는 부작용과 같다.

답은 정해져 있으나
그 답을 적고 채점 또한 사람의 짓이니
다룸에 있어 덕과 정을 담아.
내가 가는 연탄 덕에
편히 따시게 지낼 이를 생각하며 웃으며 갈아야겠다.

프로필

- 피턴랩 소장
- 세종대학교 다문화연구소 전문위원
- 제주라이트아트페스타 총감독 역임
- 평화공동체 〈철들지않은사람들〉 공동대표 역임
- 꿍따리유랑단 기획
- 대구애견엑스포 기획
- 산업자원부 RIS대구애견사업단 실장 역임
- 경북대학교 동물매개치료 교수 역임

요즘 할아버지

박 기 태

요즘 손자, 손녀 봐 주느라 힘들어!

그건, 아무것도 아니야!
너는 나보다 낫다

초롱이 3시에
밥 주고 사진 찍어 보내라
문자 오는 아들 내외
강아지 간식 제때 챙겨놔야지
하루가 정말 바쁘다니까

손자, 손녀 챙기는 거는 당연히 해야지
나는 강아지 산책까지 챙겨야 한다니까

요즘 며느리

생각 없는 며느리는
친정 엄마한테 다 의지한다

외손자, 손녀에, 사위까지
사위 식성 맞추기가 어렵다

똑똑한 며느리는
시부모한테 간다
어머니 음식이 맛있어요

시부모는 며느리에
아들, 손자 밥해 주느라 피곤하다

프로필

- 대구교육대 교육대학원 초등교육학과 문예창작 · 스토리텔링 전공.
- 제14회(2018년)동서문학상 맥심상(아동문학 부문) 수상.

삶의 회오리를 이겨내는 5단계

박 정 원

지난 12월 오전이었다.

"웅–웅"

침대 머리맡에 휴대폰 진동이 울렸다. 화면에 뜬 이름은 제일 친한 친구였다. 5일 전에 만나서 식사했는데 출근했을 시간에 웬일이지 싶어 얼른 전화를 받았다. 친구의 목소리는 평소답지 않게 확 가라앉아 있었다.

"정원아, 너 일 언제부터 해?"

"2시부터. 왜?"

"잘 됐다. 그럼 얼른 가서 코로나 검사받아 봐. 나 확진이야."

"…어?"

친구와의 통화 내용은 여기까지만 기억한다. 이후 내가 어떤 말을 했는지, 무슨 말을 들었는지 전혀 떠오르지 않았다. 그만큼 충격이었다. 전화를 끊었다. 잠시 멈췄다. 눈앞이 캄캄했다. 상황에 맞지 않는 웃음이 났다.

간단한 세수를 하고 옷을 챙겨 입었다. 빨리 해야겠다는 생각이 앞서 허둥댔다. 보다 못한 엄마가 나갈 채비를 도와주었다. 도움을 받으면서 눈동자에 물이 차올랐다. 눈물이 볼을 타고 흘러내리기 전에 손등으로 훔쳤다.

'그럴 리가 없는데? 내가 확진이면 가족들은? 아니야. 난 증상도 없어! 아, 친구를 왜 만나자고 했지? 지난 1년 동안 글 수업 등 모든 활동을 온라인으로 할 만큼 조심했는데! 애초에 위드코로나는 왜 해가지고!!'

머릿속에 풀리지 않는 물음표가 꼬리에 꼬리를 물었다. 모든 것이 짜증났다. 분노가 차올랐다.

집에서 가장 가까운 선별진료소로 향했다. 전동휠체어는 늘 그랬듯이 부드럽게 직진했다. 변함없는 승차감이 덤덤하게 느껴졌다. 이 순간 휠체어만이 주체할 수 없는 감정의 소용돌이에 빠진 나를 위로하는 것 같았다. 선별진료소에 도착했다. 사람은 별로 없었다. 의료진이 주는 사전설문지를 받아 적었다. 검사 이유를 묻는 문항이 나왔다.

(이유; 확진자접촉/ 언제: 5일전)

답을 채우는데 대기 줄 관리자가 옆에서 한마디 했다.

"음... 5일 전이면 확진이네."

나는 관리자가 툭 던진 돌에 정통으로 맞은 개구리가 된 기분이었다.

'아.. 진짜? 그래 맞아, 걸린 거야. 관리자가 저렇게 말할 정도면. 집에 가서 방문 닫고 따뜻한 물이랑 비타민 가득한 귤 먹으면서 대기해야지. 증상 완화에 도움될 거야. 일도 재택근무니까 문제없어.'

증상도 없고 코로나 검사를 하기도 전에 나는 스스로 확진자일 거라고 믿게 되었다.

정신없이 검사를 진행하고 선별진료소를 도망치듯 빠져나왔다. 집에 도착하니 엄마가 말했다.

"야, 네 아빠 난리 났어. 에휴, 말하지 말 걸…."

아빠가 있는 방은 문이 굳게 닫혀 있었다. 이게 말로만 전해 듣던 코로나 밀접 접촉자 죄인 취급이구나 싶었다. 아빠의 반응이 상상되었다.

'큰일 났다. 아 조심 좀 하지. 그러니까 이 시국에 누가 돌아다니래?'

입에서 불을 뿜어냈을 거다. 백신접종 완료했다고 나대고 돌아다닌 내가 한심했다. 그렇다고 집에만 처박혀 있는 것도 좋은 방법은 아니지 않나. 동시에 너무 서운했다. 괜찮을 거라는 위로 한마디가 그렇게 어려운가. 서러움에 울었다. 더불어 괜히 머리가 아프고 몸이 으슬으슬해지는 느낌이었다.

5일 사이에 만남을 가졌던 작가에게 전화해 이 사실을 알렸다. 작가의 반응은 아빠와는 크게 달랐다.

"아이고. 괜찮아요. 벌어진 일 어쩔 수 없고. 조금 지나면 밀접 접촉자 문자 올 거예요. 하라는 대로 따르면 되니까 너무 걱정 말아요."

작가의 말에 나는 진심으로 위로를 받았다.

'그래, 벌어진 일 걱정해봤자야. 격리치료 받을 준비나 하자.'

병원이나 생활치료센터에 갈 것을 예상하고 나름대로 짐을 쌌다. 준비를 하고 나니 마음이 한층 편했다. 아빠에게 서운했던 것도 내가 증상이 없으니 내 걱정보다는 회사 등 앞으로의 진행과정 생각에 더 어지러웠을 것이라며 이해되었다. 친구의 안부도 다시 물었다. 그날 밤, 밀접 접촉자 문자는 받지 못하고 잠이 들었다.

다음 날 아침 문자가 도착했다.

'박정원님 검사 결과음성입니다.'

이 한 문장을 받기 위해 그렇게 수많은 생각이 휘몰아쳤나. 하루 동안 감정의 회오리를 견뎌내면서 정신의학자 퀴블러 로스의 죽음 수용 5단계 부정-분노-타협-우울-수용이 떠올랐다. 이 과정이 죽음 수용뿐만 아니라 인생 전체에 적용된다는 것을 깨달았다.

지금 어려운 일이 닥쳐 삶의 회오리를 겪고 있을 당신에게도 위 5단계를 전하고 싶다. 이 단계를 알고 덜 힘들었으면 좋겠다. 회오리는 사라지기 마련이니까.

열흘 뒤 친구에게 문자가 왔다.

"빠르게 회복 중. 곧 격리 해제 예정이래. 걱정해줘서 고맙다."

프로필

- 문장아고라 수강
- 문집 〈멈춰진 시간들의 의미〉 발간

마음을 녹여 새로운 그릇을 빚어내리라

배 정 인

2022년 1월 1일. 새해 첫날이라 아이들과 오랜만에 함께 시간을 보내고 있었다. 아이가 방 구조를 바꾸고 싶다고 도와달라고 해서 옷장과 침대 위치를 바꿔주고 옷을 정리하던 중이었다. 그런데 고이 접혀져 있는 교복 와이셔츠를 보고 깜짝 놀랐다. 온라인 수업과 등교수업을 번갈아가며 하고 있어서 아이가 교복을 어떻게 입고 다니는지 전혀 챙기지 못했다. 목, 손목, 등 부분이 빨아야 할 타이밍을 한참 넘긴 듯 보였다. 며칠 있으면 학기가 마무리되고 학교 갈 날이 하루 남은 상황이지만 그래도 교복은 빨아주어야겠다는 생각이 들었다. 아들은 한번만 더 입고 빨자고 했다.

"아니야, 엄마가 이건 금방 빨아줄게."

나는 꼬질꼬질한 셔츠를 들고 욕실로 향했다. 셔츠 깃에 찌든 때 얼룩제거 세제를 바르다가 가슴 깊숙한 곳에서 무언가가 빠르게 타고 올라와 코끝을 찔러댔다. 하지만 무심한 척 셔츠를 비벼댔다.

'너도 견뎌내고 있었구나. 엄마가 미안해. 아무 말 없이 늘 방문 닫고 있기에, 덤덤한 표정으로 다녀서, 늘 너는 엄마 걱정 않고 잘 지내고 있는 줄만 알았네. 밖에서 에너지를 다 쓰고 들어와 집에서는 말 한마디 할 힘없어서 카톡으로 이야기 하고 번 아웃 되어 넋 놓고 있는 엄마를 너는 다 보고 있었구나. 그래서 이 가벼운 셔츠 한 장을 빨아달라

고 엄마에게 부탁하지도 못하고 있었구나.'

바보같이 내가 제일 힘들고, 나만 힘든 줄 알았는데 그게 아니었다. 최대한 힘든 척 안하고, 나만 잘 견디면 식구들은 그저 평범한 일상을 누리겠구나 생각했는데 내 착각이었다.

2019년 12월, 코로나를 처음 만났을 때 잠깐 피하면 되는 소나기인 줄 알았다. 학원에서 아이들이 반으로 줄고, 고정비용과 직원 급여가 그대로 지출이 되면서 매달 10일이 오는 것이 두려웠다. 학원 식구들을 떠올리면 급여일을 지켜주고 싶은 마음이었으나 통장 잔고는 턱없이 부족했다.

'아, 어떻게 버텨내지? 언젠가는 끝나겠지?'

코로나가 심해지면서 집합금지 명령이 떨어지고 학원에도 아이들이 올 수 없는 상황이 되었다. 그 시기에 학원들은 온라인 수업이 가능한 곳과 그렇지 않은 학원으로 나뉘었다. 영어 학원들은 이미 어느 정도 시스템을 갖추어 놓고 있는 경우도 있어서 온라인 수업으로 돌리기도 했지만, 우리 학원은 과학 실험을 하며 수업을 하고, 아이들이 토의나 토론을 하면서 결론을 도출하기도 하는 활동 위주의 수업이 많아서 어떻게 해야 할 지 막막했다.

어쩌겠는가. 우리가 할 수 있는 선택은 멈추거나, 아니면 앞으로 나아가거나. 둘 중 하나뿐이었다. 한 쪽 문이 아예 막혀버리니 우리는 다른 문을 열고 나가보기로 했다.

이 때 큰 도움이 되었던 책이 바로 고정욱 작가가 쓴 〈화상 수업, 강연을 위한 줌을 알려줌〉이었다. 이 때 줌 세미나를 통해 공동 저자 분들의 활용법을 보고 들을 수 있었고, 이를 바로 적용해서 수업을 하기로 결정했다.

과학 수업 커리큘럼을 확인하고 필요시에는 수업 주차 조정도 하고,

아이들이 집에서 해볼 수 있는 과학키트를 구성해 만들기 시작했다. 지퍼백, 약품들을 소분할 물약병들도 벌크로 구매해서 수업에 맞게 포장하고, 하나하나 라벨을 붙여 완성했다. 이후에는 학부모님들께 연락해서 수업 전까지 가져가실 수 있도록 했다.

노트북에서는 아이들 수업참여 상황과 교재 내용을 공유하고, 핸드폰으로는 바로 실험 장면을 생중계하면서 과학실험 수업을 진행했다. 수업을 참관하니 재미있는 상황이 많이 벌어졌다. 잠옷 차림으로 나타나는 아이도 있었고, 동생이 화면에서 같이 잡혀서 아예 동생과 같이 수업하는 경우도 있었으며, 저학년은 엄마와 같이 수업하는 경우도 있었다. 이 모든 상황들이 원치 않았지만 일어났고, 우리는 매 순간 할 수 있는 일을 하기로 결정했으며, 그 결정 덕분에 우리는 '해봤어' 딱지를 가질 수 있게 되었다.

'해봤어' 딱지는 비슷한 상황이 생겼을 때 우리에게 새로운 도전을 해 볼 발 받침대가 되어주었다. 딛고 일어서면서 '이번에는 어떤 점을 보완하면 좋을까?'를 생각해 볼 수 있는 여유를 가져다주었다. 상처가 생긴 자리에 남은 딱지. 시간이 지나 그 딱지가 떨어져도 우리 마음에는 딱지 자리에서 보이지 않지만 내공 하나를 장착한 것이나 다름없었다.

과학실험 수업을 줌으로 시도해본 학원이 모두 좋은 평을 받은 것은 아니었다. 만족도가 낮아서 다시는 하면 안 될 상황이 된 학원도 있었으나 다행히 우리 학원에서는 만족도가 높은 편이었다. 최근에는 아이들이 학교에서 같은 반 친구들이 확진이 되면 2주정도 자가 격리 기간을 갖는데 이 때도 대부분 어머님들께서 줌 수업을 요청하신다.

그 다음 시기에도 몇 차례 코로나가 심해지는 피크 때마다 코로나의 기운에 밟혔지만 결코 포기하지는 않았다. 만약에 잠잠해지기만을 기다렸다면, 그래서 어떤 새로운 시도도 하지 않았다면 어떻게 되었을까? 생각하면 아찔하다. 아마도 학원은 문을 닫았지 않았을까.

학원이 연말을 맞아 한 주 내내 방학이다. 그러나 교사 교육이 있어서 오늘도 학원에 나갔다가 다시 집으로 돌아왔다. 막내가 햄버거를 먹고 싶다고 해서 사들고 와서 먹고는 잠시 넋을 놓고 앉아 있었다. 해가 넘어가니 카톡으로 연하장이 연거푸 들어온다. 그러다 페이스북에서 작년 오늘 글이 피드에 올라와 읽어보게 되었다.

2020. 12. 31.

센터는 방학이다. 그래도 매일 출근하고 있다.

2020년 마지막 날, 혼자 원장실에 앉아 달팽이들 추울까 봐 난로 켜주고 앉아서 마음 정리를 하고 있다.

지금껏 태어나서 제일 높은 산을 등반하는 느낌이다. 그래도 그 길을 가면서 '혼자'가 아니라 '함께' 해 주시는 분들이 계셔서 힘을 얻었다.

출근길에 도로변 상가들을 보다가 꽤 많은 수가 폐업한 것을 보고 마음이 아팠다.

올해는 '용기'내어야 했고, '도전' 해야만 했다.

모든 순간, 완벽한 상태가 아니었다.

하지만 '해 내기로 결정'한 것은,

내게는 지켜내야만 하는 소중한 사람들이 있었기 때문이다.

마음으로 함께 해주시고, 늘 응원 해주시는 분들께 감사드린다.

1년이 지나도 어쩌면 이렇게 똑같은 마음일까. 똑같은 전투를 2년 동안이나 해왔다니 믿어지지 않는다. 몸 속 세포 하나하나가 오랫동안 긴장상태에 노출되어 피로감이 극대치에 다다른 것 같다.

'코로나, 너만 아니었으면!'하는 마음보다는, 코로나 때문에 잃어버린 것들이 많다는 상실감 보다는, 지금 내게 더 소중하게 여겨지는 것은 바로, 마음도 녹아내릴 정도로 힘든 상황임에도 함께 해주는 사람들 덕분에 그 힘으로 내가 새 그릇을 빚어갈 수 있음에 감사한다는 것이다. 묵묵히 곁에서 응원해주시는 분들, 상황이 생길 때마다 흔쾌히 도움을 주시는 분들, 그리고 같은 길을 걸어가며 힘내자 해주시는 분들이 계셨다.

다 잃어버린 게 아니었다. 같이 기대어 세워주는 사람들이 곁에 있었다. 힘든 순간을 견디는 힘을 소중한 사람들로부터 얻고 있다는 사실을 아들의 교복 셔츠를 비벼 빨며 뼈저리게 느끼고 있다. 나는 지금 뜨거운 용광로 속에서 새 그릇으로 태어나는 중이다.

프로필

- 와이즈만영재교육 수지센터 원장
- 과학교육탐험가
- 경희대 교육대학원 졸업(화학교육)
- 저서 : 나는 과학자다, 초등과학으로 리더되기

Infinity 달 항아리

산수현 choms1022a@hanmail.net

It is a smail video poem by poet San su-hyun
I hope you'll be able to relax my meditation poems
and music melodies. Thank you.
poet - San su-hyun. Republic of Korea . 2022.03.01.
조민선(미선) choms1022a@hanmail.net

Infinity 달 항아리

달 항아리 안에 우주가 담겨 있었다

어제도
미래에도
오늘도

소중한
기억의 별에서 무지개 빛으로

영원히 Infinity... 산다 — Poet San su-hyun

Infinity 달 항아리

산수현 choms1022a@hanmail.net

It contains the universe in a moon jar

yesterday
the future and
today

The star of precious
memory will shine with rainbow light

It will live forever and infinitely —Poet San su-hyun

It is a smail video poem by poet San su-hyun
I hope you'll be able to relax my meditation poems
and music melodies. Thank you.
poet – San su-hyun. Republic of Korea . 2022.03.01.
조민선(미선) choms1022a@hanmail.net

Infinty

산수현 choms1022a@hanmail.net

It is a smail video poem by poet San su-hyun
I hope you'll be able to relax my meditation poems
and music melodies. Thank you.
poet - San su-hyun. Republic of Korea . 2022.03.01.
조민선(미선) choms1022a@hanmail.net

이 영상 시 편지는, 조선 시대 고성 이씨가의 젊은 여인의 애절한 편지가 무덤에서 세상 밖으로 400년 만에 발견되면서, 안타까운 조선시대판 사랑과 영혼의 사연을 산수현*(山琇泫)의 소소한 영상 시로 제작한 것입니다. 주인공의 남편은 서른한 살에 일찍 병석으로 세상을 떠나고, 여인은 슬하에 어린 자식과 뱃속에는 태아까지 수태한 상태였습니다.

여인은 남편을 한평생 그리워하며 따라가고 싶다는 편지 내용도 있었지요.
하여, 작금에
보낼 수조차 없는 편지임에도 써 내려간 아낙의 편지를...
지금 수신자의 심정으로 초연히 감상해 보심이 어떠하시온지요.
그들이 어느 시공간에서 다시 만났을지도 모르니까요 ... 산수현

Infinty - 산수현

아름다움
그 상위의
아름다움에게
햇살에게
별들에게
그리고

그대와
영원한
Space
그리고 Time

Promise
Promise
And I believe
400년 전
무덤 속
너의 골육과 영혼의
젖은 편지를 이제서야
펼치며

나
너의 시 편지
삼천 해를
살고 지고
Infinity 은하수와 함께
꽃잎을 등에 올린 채

poet - San su-hyun. Republic of Korea . 2022.03.01.
조민선(미선) choms1022a@hanmail.net

달빛 동네로 소풍 가는 물고기들

산수현 choms1022a@hanmail.net

"엄마 우리는 언제 눈을 감아요?"

아가야 두 눈을 평생 뜨고 살아도
낚시 바늘에 걸린 구더기만 보였지

"엄마, 엄마도
시냇물 소리가 들리나요?"

아가야, 물빛의 언덕 위 달빛을 따라
헤엄쳐 보렴, 너의 파란 바다가 들리니?

엄마, 오늘 밤은 너무 캄캄해서
하얀 별빛이 서쪽으로 헤엄치고 있어요

"엄마, 우리는 언제 눈을 감아요?"

아가야, 엄마는 너의 두 눈을
지느러미 팔과 온몸으로 덮어줄게

아가야, 이제 들리니?
너의 파란 바다가
우리들의 심장에서
항상 헤엄치고 있어!

poet - San su-hyun. Republic of Korea . 2022.03.01.
조민선(미선) choms1022a@hanmail.net

달빛 동네로 소풍 가는 물고기들

산수현 choms1022a@hanmail.net

It is a smail video poem by poet San su-hyun
I hope you'll be able to relax my meditation poems
and music melodies. Thank you.
poet - San su-hyun. Republic of Korea . 2022.03.01.
조민선(미선) choms1022a@hanmail.net

살아서도 생을 다하여서도 물고기들은 눈을 감을 수가 없다. 그러나, 여기 눈을 감는 방법이 있었지. 그리고 꿈을 꾼다. 항상

– 산수현

• 프로필

• 산수현 山琇泫 — 본명 조민선(미선)
choms1022a@hanmail.net

대한민국 시인. 20년 차 안경사. 사회복지사. 심리상담사1급. Total뷰티미용사
안경광학과 , 사회복지학과, 미디어 문예창작학과 - 졸업
15회 동서문학상 시 은상 [하늘로 빛을 쏘아올린 연어]. 동서문학회 회원
전) 서울시 강북하늘숲속 아트센터 대표. The # 오드리 대표. 사) e한우리봉사회 이사
월드뷰티 페스티발 국제뷰티대회 조직위원. IEDA 이미지래쉬 국제인증강사
대한안경사협회 안경초봉사단. 한국국제미용건강 봉사단 강북지부장

여기서 무너질 수는 없다

소 다 희

2019년, 체험 홈에서 나와 내가 모아둔 돈으로 얻은 집에서 재택근무를 했다. 그러다가 쇼핑몰사업을 알게 되었다. 수유역에서 안산까지 쇼핑몰사업을 배우러 다녔다. 쉽지 않았지만 내가 하고 싶었던 일이었고 기회가 되어 하게 되었다. 처음에는 나 혼자 하는 사업으로 하고 싶었는데 큰 사업이 되고 말았다.

나의 지인에게 만나자는 전화가 왔다. 내가 쇼핑몰을 한다고 하니까 같이 배우고 싶다고 하셨다. 그런데 배우다보니 어느 날 그 분이 말씀하셨다.

"다희, 네가 센터에 살고 취업이 안 되는 장애인들에게 취업할 기회를 주는 사업을 했으면 좋겠다."

나는 갑작스러운 제안에 혼란스러웠고, 그간 장애인자립생활센터에 대한 상처를 받고난 뒤라 선뜻 제안을 받아들이기가 어려웠다.

'내가 잘 할 수 있을까? 내가 용기를 낼 수 있을까?'

그 분은 대표할 사람이 나 밖에 없다고 하셔서 한 번 해보자며 나를 설득시키셨다. 고민 끝에 하게 되었고 밤낮없이 센터회원들을 만들어 나갔다. 사람을 만날 때 마다 같은 말을 반복해야 했었고 이건 계약직이 아니며 자기사업이기 때문에 좋은 조건이라고 말을 많이 했다. 그러다가 내가 5년 전에 장애인자립센터에서 만났던 쇼핑몰 강사님을 다시 만나게 되었다. 그 때는 사무실이 없던 때라 남양주에 있는 선배님에게 부탁해 회원들을 데리고 갔더니 강사님은 회원들 앞에서 나를 무시했다.

"네가 정말 저 사람들을 책임질 수 있겠니?"

"네, 할 수 있어요."

나는 당당하게 대답했고 어떻게든 해보겠다고 했다. 그리고 집에 들어오는데 강사님에게 전화가 왔다.

"남양주는 너무 머니 서울에서 교육을 받자."

그렇게 해서 하나하나 쇼핑몰에서 상품을 판매하기 시작했다. 처음에는 매출이 올라가지 않았지만 열심히 하다 보니 조금씩 매출이 늘어나기 시작했고 같이 교육을 받던 사람들도 따로 사업자를 내게 되었다.

나는 이런 상황이 너무 신기했고 나에게 포기란 없었다. 내가 사람들에게 쇼핑몰 사업을 한다고 말하기가 어려웠는데 하다 보니 여기저기 전화도 하고 도움도 많이 받았다. 부모님께서는 너무 기특해하셨고 물건도 많이 팔아주셨다. 우리 엄마는 내가 뭔가를 하면 좋게 보지 않으셨던 분이었지만 이제 내가 뭘 하든 도와주려고 노력을 많이 하신다. 지금 센터를 설립한지 4년차가 되었고, 아직도 구청 사업은 따내지 못했지만 그래도 어느 정도는 자리가 잡혀간다. 센터회원도 많이 늘었고 앞으로도 계속 늘려나갈 것이다.

나는 최소한 부모님의 짐이 되고 싶지 않아 이렇게 노력한다. 힘들고 지치기도 했지만 매 순간순간마다 초심을 생각한다. 그러면 포기하지 않게 된다. 모든 사람들이 나에게 이건 안 될 것이라고, 되지 않을 것이라고 말했다. 그러나 나는 그 말을 믿지 않았고 나의 중심을 다잡으며 해쳐나갔다. 남들이 뭐라고 하든 그건 나에게 중요하지 않았다.

내가 할 수 있는 데까지 그 마음을 놓지 않으려고 노력을 많이 했다. 현실을 봐야 할 때도 있지만 때론 현실을 보지 않고 앞으로 나아가는 것이 나에게는 정답이라고 생각한다. 나는 영혼의 장애인이 아니다. 나는 무엇이든 할 수 있다. 사람들이 늘 말한다. 노력하면 뭐 하냐고. 노력을 하지 않는 것이 아닐까? 노력을 했다면 그 노력에 대한 결과물이 있지 않을까?

나는 동료상담을 하면서 제일 화가 나고 답답한 것은 부모님이나 타인 때문에 못한다는 말을 들을 때이다. 그건 핑계일 뿐이고 내가 보기에는 노력 없이 대가만 바라는 것이다. 노력 없이는 살 수가 없고 최선을 다하지 않으면 대가를 얻을 수 없다. 돈이 많고 부모님이 부자라도 부모님을 믿고 사는 건 아니라고 생각한다. 자신의 노력이 필요하다.

물론 나도 예전에는 그랬었다. 내가 장애인이니까. 할 수 없는 것들이 너무 많아서 자신이 없었다. 누군가가 나에게 얘기했었다. 한번이라도 노력이라는 것을 해보았냐고. 그 노력이 없으니까 보이지 않는다고 했었다. 그 때는 무슨 말인지 몰랐고 왜 저 사람이 나에게 저럴까라는 생각을 했었다.

'나에 대해서 뭘 안다고?'

그런데 내가 살아오면서 느낀 것이 있다면 노력 없이는 아무것도 할 수가 없다는 것이었다. 노력을 하다보면 눈물도 많이 나고 힘들다고도 해봤고 소리도 질러봤다. 그건 당연한 것이다. 사람이니까. 사람이기 때문에. 나는 비장애인과 다를 것이 없다. 고등학교도 졸업 하고 대학도 가고 알바도 했었고, 해본 일 안 해본 일 없이 경험이 많다. 이 사회에서 살아남을 수 있는 것은 최선으로 노력하는 것이다.

나는 내가 하고 싶은 것은 다 해봤다. 연극도 해보고 방송작가도 해보았다. 공중파 프로그램은 아니었지만 지역방송 일을 해본 적이 있다. 원고를 쓰고 보내고 방송도 나가기도 했었다. 좌절이라는 것은 없었다. 한 가지 일을 그만두면 또 다른 한 가지 일에 도전하게 된다. 나는 행복한 사람인 것 같다. 나는 어머니의 강한 면을 닮았다.

또한 상처도 많은 사람이다. 나는 극복했다. 나 자신을 위해서. 누군가를 위해서가 아니라 나 자신을 위해서다.

나는 힘들 때면 어디서부터 잘못된 건지 생각을 해본다. 그러면 답이 나오고 거기서부터 고치기 시작한다. 장애인사업을 한다는 것은 너무 어려운 일이지만 그 어려운 일을 내가 해내고 있다. 몸이 불편하다고 해서 남을 도울 수 없다는 것은 말이 되지 않는다. 몸이 불편해도 충분히 남을 도울 수 있고 충분히 남을 리드할 수 있다. 센터대표로서 최선을 다한다. 내가 피해를 보는 한이 있더라도 나한테 도움을 청하는 사람에게는 피해를 주지 않고 용기를 준다. 마음처럼 쉽진 않지만 하다보면 좋은 것이 나온다. 이건 내 삶의 기반이 되었고 앞으로도 당당하게 나아갈 것이다. 어떨 때는 상담을 하면서 정말 혼이 나갈 정도로 힘들 때도 있었고 이걸 내가 왜 하고 있지 하는 생각도 들었지만 내가 가야 할 길이니까. 여기까지 내가 해온 것을 여기서 무너뜨릴 순 없으니까.

프로필

- 서비스이용자연대 대표
- 다희홈쇼핑 대표
- 2011년 솔루션장애인자립생활센테 수필장려상수상
- 2013년 한국장애인문학 가작 수상

살며 사랑하며

송 미 숙

조각처럼
길고 넓은 벽 끝 모퉁이에
버려진 휴지 조각처럼
오늘은 내 모습이 초라하게 나를 바라본다.

원래는 이런 게 아니었는데
지워지지 않는 나의 어린 꿈은 상실의 조각배

크지도 않고 단단하지도 않던 작고 여린 나는
뛰어도 날아도 닿지 않을 원대한 꿈을 꾸며 하루도 빠짐없이
계단을 올라 옥상 위 노을을 바라보며 나의 꿈을 다짐하곤 했다.

개미의 베르나르를 만나기 위해 파리로 가는 것
그렇게 옥상 위 태양이 서쪽으로 기울어 빨갛게 노을 질 때면
파리의 떠오르는 태양의 일출을 바라보며 한 잔의 커피를 마시는 꿈!
알랑 드롱처럼, 로저 무어처럼,
이국 금발의 멋진 그 누군가를 가슴에 품는 꿈들을,
옥상 위 노을이 지고 밤하늘 별들이 켜질 때 까지

마음껏 마시고 음유하면서 그 꿈들과 함께 계단을 내려왔다.

살며, 사랑하며
오늘은 어제처럼 하루가
또 하루가
똑같은 쌍둥이 같아도
꿈을 꾸고, 꿈을 사랑하며, 살아온 저 만큼의 오늘은
기울어져가는 나의 어깨를 애써 쳐들어 올리고
무거워 지친 발걸음은 절룩거려도
토닥토닥 나는 나를 쓰다듬어 준다.

조각처럼
길고 넓은 벽 끝 모퉁이에
버려진 휴지 조각처럼
때론 내 모습 초라해보여도

괜찮아 ---
어제도 그제도 넌 열심히 살아왔잖아
원래는 이게 아니였는데
그래도 괜찮아

살며 사랑하며 그렇게 가다보면
꽃도 피고 낙엽도 지고
어느덧 초록이 무성한 푸른 동산이 아니어도
괜찮아
그래도 괜찮아.

사진 속에 그들은

지난 시간들을 품고
그들은
어제보다 더 먼 시간들을 안고
늘 그렇게 사진 속에
그들은 거기 있다.

찾아가고 싶으면
만나고 싶으면
얼굴을 들이대고
숨을
크게 들여 마시고 내쉬면서
혹시나
기적처럼
그 얇은 종이 한 장 뚫고 나올 것 같아
더 가까이
얼굴을 들이대 본 적도 있다.

환청처럼 들리는
그들의 소리가 있을까봐
환각처럼 움직이는
그들의 모습이라도 있을까봐

아니
제발 그렇게 움직여주고 무어라 말 한마디
나와 나누어 준다면
흐르는 내 눈물 닦아주면서
나를 한번이라도 아는 척 해 준다면

웃고 있지만
활짝 웃고 있지만
그렇게 정지된 모습으로
언제까지 웃어주길

다시는 아파하지도
또 넘어야 할 삶의 무게를 이제는 다 잊고
영원히 웃고만 있어주길

나는 세상에 없어
엄마가 아빠가
죽었다는 이유로 존재하지 않는다면

공기처럼 먼지처럼
세상 어디에도

나를 둘러싸고 있는 것을 알지
나를 떠났어도
언제나 거기 있잖아

사진 속에 그들은
그렇게
멀리 희미해 져가는 가는 기억 속에도
공기처럼 먼지처럼
세상 어디에도
나를 둘러싸고 있는 걸 알지!

심장

12개월 365일
단 하루라도
단 1분 1초라도
멈출 순 없어
열정이라고 말 할 수 있지

살고
살아가기 위한
그리고 살아야만 하니까

기쁨, 슬픔, 절망
숨겨두었던 억울함도
복받쳐 오는 어떤 감정도
품어야 하지
나를 폭파시킬 순 없으니까

때론 내 귀에 들려
너의 무서운 박동소리가
너무 크게
워-- 워-- 진정하라고 외쳐도
더욱 가파르게

어디론가 질주하는
너는 과연 무엇을 찾고 싶은 거니?

내 심장이 처음 뛰기 시작한
그 날부터
꼭
도달 하여만 하는 그 곳은 어디?

1년 12개월 365일
단 하루라도
단 1분 1초라도
멈출 순 없어
아직 그 곳이 아니니까.....!

포용(Inklusion)

천년의 역사처럼
천년의 얼굴들
천명의 서로 다른 모습이어도
그래도 그들은 서로를 알아보지
한민족이라고

대륙을 넘고 태평양을 건너도
검은 두 눈동자는 반짝이네!
지구 위 어느 한 곳
이름 모를 익명의 한사람으로
살아도
그래도 우리는 서로를 모른척하지 않네!
너를 만난 나의 한민족이라면

전국팔도 흩어져 숨쉬는
우리나라 우리민족 우리국민
우리는 그렇게 하나로 엮어져 있음을 알지

말 할 수 없어도, 들을 수 없어도, 볼 수 없어도
꺾어진 한쪽다리로 깡충 거려도
어린아이처럼 물끄러미 바라보는 어른이어도

빨 주 노 초 파 남 보
무지개 색깔이 서로 달라도
세상에서 가장 아름다운 무지개다리로
먹구름 걷어내고
젖은 눈물처럼 떨어지는 빗방울 멈추게 하지!

하나하나 틀린 모습은 없어!
천년만년 시간이 더 흘러도
서로 다른 모습만 있을 뿐!

포용
천년의 하나의 역사를 가진 우리는
어떤 다른 모습이어도
빨 주 노 초 파 남 보
다른 색깔의
하나의 무지개다리로 서로를 엮어주지!

프로필

- 2013년 독일 도르트문트 대학교 장애인재활학 박사 학위 취득 (박사 논문: 한국과독일의 문화차이에서 오는 발달장애인의 삶의 질의 비교 연구)
- 2001~2003: KBS제3라디오 장애인 프로그램 (내일은 푸른하늘)리포터: 독일장애인 소식 전함
- 2002~2004: 독일보쿰 디아코니아 장애인 복지센터 작업치료사
- 2014-2017: 남양주시 한누리 다문화 사회적 협동조합 이사 및 남양주시 지역사회보장협의체 대표협의체 위촉의원 역임
- 2021:직장 내 장애인 인식 교육 전문강사.
- 2022:한국 복지 경영학회 이사

따부레 마을에 희망을 쏘다

신 원 건

매스컴에서 아프가니스탄 난민 문제로 요즈음 뉴스가 많이 나온다. 어른들도 큰문제이지만 죄 없는 아이들을 보면서 마음이 참 아프다. 그 아이들을 보면서 2004년 네팔에 대지진이 일어났을 때가 기억난다.

내가 가장 아끼는 인도 후배 너윈의 다급한 문자가 4월 15일 새벽에 날아왔다.

"형님! 큰일 났습니다."

"무슨 일이냐?"

"이웃 네팔에 큰 지진이 일어나서 많은 사람들이 죽었습니다."

"걱정이 이만 저만이 아닙니다."

난 그 소리에 가슴이 덜컥 내려앉았다.

'혹시 내가 알고 있는 학교가 피해를 입지는 않았을까?'

대지진으로 많은 인명 피해와 히말라야 산 근처 고르카시 따부레 마을의 학교가 전부 무너졌단다. TV에서는 9천여 명의 사상자가 발생했다며 국민들에게 온정의 도움을 요청했다. 모든 항공기와 인도에서의 네팔로 가는 차량이 전면 통제되어 이재민들이 발생한 네팔은 지금 아비규환이라고 했다. 우선 다급한대로 델리에서 급하게 트럭을 섭외해서 쌀과 식료품, 텐트를 구입해서 보내주기로 했다. 비용이 500

만원이 필요하다고 했다. 그래서 다급하게 카카오톡 단체 방을 만들어 모금운동을 시작했다.

다행히 여러 명이 필요한 돈을 어렵게 만들어서 보내 주었다. 트럭은 2박3일을 밤낮 없이 달려 지진이 제일 심한 따부레 학교에 구호품을 전달했다. 그 후 너윈이 알고 있는 한국 스님과 나의 지인들의 도움으로 6천500만원이라는 큰 후원금을 모을 수 있었다. 기적 같은 일이었다. 처음에는 조금만 하고 생각했었는데, 상상외로 후원금이 많이 들어와서 따부레 학교 근방 6개 학교에 임시교실을 지어 주었다. 이 지역은 카트만두에서 차로 7시간 정도 걸리는 산간오지 지역이다.

그 후 나는 따부레 학교의 아이들이 보고 싶었다. 엉성하게 나무로 만든 임시 교실에서 공부를 학고 있는 아이들이 궁금해서 견딜 수가 없었다. SNS에서 알게 된 생명부지의 두 분의 봉사자, 너윈 딸 라니, 친구아들 재현이와 봉사라는 부끄러운 타이틀을 가지고 아이들의 상태가 너무나 궁금해 카트만두로 날아갔다.

〈네팔 꿈 원정대〉라는 플래카드를 걸어달고 우리는 전쟁터에 나가는 비장한 각오로 따부레 마을을 향하여 출발을 하였다. 공교롭게도 가는 날이 장날이라고 네팔 트럭들이 전국적으로 파업하는 날이다. 곳곳에는 군인과 경찰들이 만일의 사태에 대비하여 삼엄한 경계를 하고 있었다. 한참을 달리다 보니 누군가 지나가는 화물차에 불을 지르고 달아나는 바람에 모든 차량들이 모두 멈춰 섰다. 파업에 동조 안했다는 이유로 테러를 당한 화물차 운전사가 안쓰러워 보였다.

불을 끄는 사람보다 구경꾼들이 더 많다. 그곳 군인 책임자에게 우리는 당신들을 도우러 가는 NGO 단체라고 사정을 이야기하니 군인들이 고르카시까지 호위를 직접 해주었다. 군인들의 호위를 받으며 우리만 고속도로 같은 길을 달리니 기분이 묘했다. 주위에 우리 말고는 차를 한 대도 볼 수가 없었다.

카트만두에서 7시간 만에 고르카시에 도착하여 필요한 물건을 몇 가지 사가지고 다시 따부레 마을로 향했다. 중간 중간에 산간 논에서 많은 농부들이 벼를 심고 있었다. 온통 산간 밭이다. 길은 엉망이고 지진 피해와 우기인 장마로 인해 차량이 원만히 다닐 수가 없었다. 길이 험하여 자동차로 갈 수가 없어서 우리는 그 많은 짐을 들고, 메고 머리에 이고 지고 몇 시간을 산길을 걸어 따부레 마을에 도착할 수가 있었다.

어렵게 도착한 우리가 제일 먼저 방문한 마하덕치미 초등학교는 2년이 지났지만 아직도 폐허로 남아 있었다. 네팔 정부는 돈이 없어서 복구 작업을 전혀 하질 못하고 있었다. 우리가 도착한다는 소식을 듣고 교장선생님 이하 많은 마을 주민들이 우리를 반갑게 맞이해 주었다.

지진 피해로 임시 학교 교실은 말이 교실이지 우리네 헛간보다도 더 열악했다. 지붕은 함석으로 되어 있어서 소나기가 오면 함석을 때리는 소리가 너무나 시끄러워서 공부를 할 수가 없다고 한다. 화장실은 정말 끔찍하리만큼 악취가 진동해 한 발자국도 다가설 수가 없었다. 며칠 이곳에서 지내야 한다고 하니 같이 동행한 경주에서 오신 두 분의 봉사자와 친구 아들 재현이는 경악을 금치 못했다. 재현이는 1주일동안 그곳 화장실을 이용을 못했다. 잠도 이곳 대나무 교실 바닥에서 비닐만 깔고 잤다. 그래도 히말라야 산 너머로 보이는 밤하늘에 펼쳐지는 수많은 별들은 장관이었다. 난생 처음으로 그렇게 멋있는 별들은 처음 본 것 같았다.

다행히 히말라야 산위에서 솔솔 불어오는 바람 덕분에 덥지 않게 잠을 잘 잤다. 아침에 일어나니 그림 같은 히말라야 풍광과 설산이 한눈에 확 들어왔다. 산중턱에 간간이 있는 마을 어귀 뭉게구름은 산중턱에 걸터앉아 우리를 반겨 주었다. 학교 뒤편으로 보이는 히말라야 설산은 정말로 장관이었다. 산간 마을저 멀리에서 아침부터 들려오는 아이들의 웃음소리와 닭 울음소리도 오랜만에 들어보니 정겨웠다.

아침부터 우리를 환영해 준다고 아이들과 마을 주민들이 하나 둘씩 모였다.

방학 중인데도 이렇게 많은 학생들이 모이다니 경이로웠다. 많은 아이들이 우리를 기다리고 있었다는 사실에 또한 감개무량이다. 나를 쳐다보는 눈이 예사롭지 않았다. 난 무척 부담스러웠다. 현지 코디네이터 역할을 맡은 네팔 후배 어르준에게 물었다.

"방학인데 어떻게 많은 학생과 주민들이 모였지?"

"네, 형님! 이곳 아이들은 외국에서 손님이 온다는 소식을 듣고 2~3시간을 산속을 걸어 맨발이나 슬리퍼로 걸어 왔어요."

난 그 아이들을 도저히 쳐다 볼 수가 없었다.

간단한 환영식에 엄청난 인파가 몰렸다. 어디서 그렇게 많은 사람들이 나타났는지……. 환영에 대한 답사로 나는 이렇게 말했다.

"희망을 잃지 말고 끝가지 용기를 갖고 꿈을 갖길 바랍니다. 그리고 우리가 열심히 꿈을 실천할 수 있도록 도와주겠습니다."

학생들과 마을 주민들이 나의 연설을 듣고 뜨거운 감사의 박수를 보내주었다. 난 그 자리에서 이 따부레 아이들을 위하여 열심히 더 모금운동을 해야겠다고 다짐을 했다.

학교는 대나무 기둥과 함석지붕이 전부이지만 아이들의 열정은 콘

크리트 교실 그 이상이었다. 그동안 우리가 보내준 성금과 많은 마을 주민과 너윈, 어르준의 땀과 노고로 완성했다하니 참으로 소중하고 값져 보였다.

초, 중, 고로 나누어 김상영 진로선생님이 만들어 주신 진로 프로그램으로 산골 아이들과 함께 했다. 아이들의 꿈은 단순했다.의사,엔지니어,간호사,교사등이 다수이며, 많은 직업군을 알지도 못했다. 아이들은 열심히 자기의 꿈을 그려본다. 발표까지 끝내고 즐거워하는 학생들을 바라보니 여기까지 온 보람이 있어 좋았다.

수업을 하고 나니 꿈과 계획이 없는 학생들이 너무나 많아 가슴 아팠다. 미래에 대한 꿈이 없기에 공부를 해야겠다는 의지와 열정이 없는 것이다. 결혼한 고등학생도 보이는데 참 안쓰럽다. 교복을 안 입고 학교에 오는 아이는 선생님한테 엄청 혼나는 모습을 보았다, 여학생들이 적어 보였는데 여자는 시집 가면 남이 되므로 부모들이 여자 아이들은 학교에 보내지 않는다고 했다.

학교 학부모 회장이 우리에게 식사를 대접하겠다고 초대를 했다. 산길을 한참 만에 제법 걸어 도착했는데 지진 피해로 인하여 집이 무너져 임시 거처에서 어렵게 지내고 있었다. 식은 밥과 닭고기 카레가 전부였지만 산골에서 먹는 밥이라 그런지 맛이 있었다. 네팔 산골의 집들은 모두 흙집으로 지어졌다. 그래서 조그마한 지진으로도 집이 다 갈라지고 쉽게 무너지는 구조로 되어있다. 한국에서의 6,25 피난민 생각이 났다.

점심식사 후에 1시간 30분을 걸어서 도착한 산속 깊은 곳의 초등학교는 소박하고 평화롭게 보였다. TV에서나 보아온 산골 오지다. 여기도 마찬가지로 임시로 지어준 교실에서 아이들이 공부를 하고 있다고 했다. 언덕 평지 위에 70명 정도가 전교생인 자연적인 산골 네팔학교다. 우리를 환영해 주기 위해 많은 학생들이 모였다. 산꼭대기에 자리잡은 산중 초등학교다. 주위 풍광이 너무 좋다. 산 아래 낭떠러지를 보니 머리카락이 치솟았다. 그 초롱초롱하고 예쁜 아이들을 보니 여기까지 오게 됨을 축복이라고 말하고 싶었다. 교장선생님은 너무 인상이 좋아 보였고 천사 같았다. 어찌 그렇게 선해 보이는지…….

한국에서 조금씩 모아준 지인들의 3색 볼펜으로 꿈 프로그램 수업을 무사히 마칠 수 있었다. 내년에 다시 방문하기로 약속을 하고 돌아오는데 발길이 잘 떨어지질 않는다. 우리가 줄 수 있는 것은 고작 볼펜 한 자루, 정말 낯부끄러웠다.

따부레 마을을 내려오면서 무거운 책임감과 더불어 나의 작은 선의가 나를 내세우는 행동으로 표현되지 말도록 해달라고 기도했다. 그리고 교만하지 말 것이며 아이들에게 꿈과 희망을 전해주는 참다운 선한 봉사자가 되리라 다짐했다.

코로나19로 인하여 따부레 학교 아이들에게 약속했던 매년 방문은 못하고 있지만 그곳 선생님 월급과 장학금, 교육비는 빠지지 않고 보내주고 있다. 많은 후원자님들의 덕분에 환하게 웃으며 공부하는 아이들의 모습에 삶의 의미를 찾는다. 그곳 교장선생님께서 전자 우편으로 소식을 전해온다

"봉사자님. 우리 아이들이 무척 명랑하고 밝아졌습니다."

"어떻게요?"

"전에는 의욕도 없고 희망도 없는 학생들이었지만 재단에서 지원해 주는 진로 선생님의 수업 덕분입니다. 아이들이 발표도 무척 잘해요."

감격이었다. 갑자기 아이들이 더더욱 보고 싶어졌다. 이것이 진정 교육의 힘이구나. 그 동안 재단을 운영하느라 힘들었던 순간들이 이 소식을 접하고 나서 바람처럼 훅 날아가 버리고 말았다.

내가 행한 조그마한 일이 누군가에게는 희망과 꿈이 된다면 난 죽을 힘을 다해 가치 있고 의미 있는 일에 헌신할 것이다.

• 프로필

- (주)신원도예교육센터 대표이사
- (사)꿈나눔 재단 이사장
- 경북제1교도소 교정위원
- 재속프란치스코회 안성형제회 회장
- 서강대 경영대학원 졸

다가오는 봄을 생각하며
– 류경채의 〈폐림지 근방〉과 〈계절〉을 만나다

안 태 연

우리는 봄이라는 계절에서 무엇을 떠올릴까? 물론 이에 관한 생각은 각자 다르겠지만, 그래도 가장 먼저 떠오르는 것은 "따뜻함"일 것 같다. 봄의 따뜻함이 있기에 겨울 동안 얼어붙었던 땅이 녹고 그 아래 잠들어 있던 씨앗과 뿌리가 새싹을 틔우며, 벌거벗었던 나무들도 꽃망울을 터트리니 말이다. 그래서 봄은 예로부터 만물이 소생하는 계절로 여겨졌고 수많은 예술가에게 영감을 주었다. 이번에 소개할 한국의 화가 류경채(柳景埰, 1920–1995)도 이러한 봄의 따뜻함에 매료되어 다양한 작품을 남겼다.

사실 류경채는 일반인에겐 퍽 생소한 화가다. 하긴 그럴 법도 하다. 왜냐면 류경채는 평생 완벽주의자를 지향한 탓에 75년이라는 생애에 비해 많은 작품을 남기지 않았고(류경채는 유화로만 약 300점 내외의 작품을 남겼고, 수채화나 소묘 등은 거의 남기지 않았다.), 자신의 작품을 개인전으로 선보이는 데에도 인색했으며(류경채는 1983년 춘추화랑에서, 1990년 갤러리 현대에서 각각 한 차례씩 단 두 번의 개인전을 열었을 뿐이다.), 자신의 작품을 스스로 해설하는 것도 꺼렸기 때문이다. 하지만 사실 류경채가 자신의 작품을 거의 해설하지 않은 데에는 그럴만한 이유가 있었다.

"사람들은 그림을 보면 뭘 그렸느냐고 자꾸 물어봅니다. 무엇을 그렸느냐보다 무엇을 느꼈느냐가 중요한 것입니다. 무엇을 그렸느냐를 질문하는 것은 음악을 듣고 그 소리가 새소리냐, 물소리냐라고 물어보는 것과 똑같은 것입니다.

저 그림이 산 · 인물 · 정물 등 한 눈에 알아볼 수 있는 사물이 아니기 때문에 모른다고 할 것이 아니라 나는 저 그림을 보고 이런 느낌을 받았다라는 자세가 중요합니다."

이러한 발언에서 짐작할 수 있듯이 류경채는 자신의 작품에서 무엇을 그렸는지에 대해 지나치게 집착하는 태도를 경계하였다. 오히려 류경채가 자신의 작품에서 추구한 것은 주제뿐만 아니라 색채와 질감(전문적인 용어로는 "마티에르"라고 한다.), 행위의 흔적 등 작품을 구성하는 모든 요소가 한데 어우러져 감상자로부터 하여금 깊은 여운을 남기는 것이었다. 그래서 필자는 이번 기회에 류경채의 대표작으로 꼽히는 〈폐림지 근방〉(1949)과 〈계절〉(1961)을 함께 소개하고자 한다. 전자는 구체적인 대상을 찾아볼 수 있는 구상회화, 후자는 구체적인 대상을 찾아볼 수 없는 추상회화로 공통점을 찾기는 어려워 보이지만, 실제로는 양쪽 모두 "다가올 봄에 대한 염원"을 표현하고 있으며, 이를 통해 팬데믹 시대를 보내고 있는 우리들에게도 희망을 불어넣어 줄 수 있기를 바라는 마음에서이다.

그럼 우선 〈폐림지 근방〉을 살펴보자. 해방 직후인 1949년 대한민국 정부의 주도로 신설된 《대한민국미술전람회(약칭 국전)》의 제1회전에서 최고상인 대통령상을 받은 이 작품은 발표 당시부터 숱한 화제를 뿌렸고, 류경채 자신에게도 앞으로 나아갈 길을 확립시켜주었다는 점

(류경채는 1981년 국전이 제30회전으로 막을 내릴 때까지 단 한 번도 빼놓지 않고 출품했다.)에서 여러모로 뜻깊은 작품이었다. 작품의 배경은 당시 경기사범학교가 위치했고 현재는 한양대학교가 들어선 왕십리 부근의 야산이었는데, 회고에 따르면 당시 이곳은 해방 이후 무분별한 벌목으로 인하여 폐허가 된 상태였지만 그럼에도 불구하고 봄이 오자 흙 속에 숨어있던 많은 기운이 분출하기 시작했고 이에 영감을 얻어 작업에 들어갔다고 한다. 하지만 류경채는 현실의 풍경에서 이 작품의 영감을 얻기는 했어도 제작에 앞서 현장을 스케치하지는 않았다. 오히려 류경채는 "마음의 거울에 의해 재구성된 자연"을 표현하기 위해 자신의 기억 속에서 자유롭게 재구성되어 떠오른 풍경을 곧바로 캔버스에 옮겨 그렸다.

그렇다면 당시 류경채의 마음 속 거울은 자연을 어떠한 모습으로 비추어 보여주었을까? 전술했지만 이 야산은 폐허가 된 상태였기에 흙바닥을 적나라하게 드러낸 황무지가 화면의 절반 이상을 차지하고 있으며, 여기에 물감을 두껍게 덧발라 마치 흙과 모래가 엉겨붙은 것처럼 보이는 특유의 마티에르는 황량한 분위기를 배가시킨다. 하지만 물기조차 찾기 힘든 황무지에서도 벌목되지 않은 채 살아남은 몇 그루의 나무들은 맑게 갠 푸른 하늘에서 내리쬐는 봄의 햇살을 빨아들이며 자라난다. 특히 화면 앞쪽에 그려진 두 그루의 나무는 기괴하게 비틀리거나 잔가지가 거의 부러진 깡마른 몰골임에도 필사적으로 새 잎을 돋아내어 광합성을 시도한다. 즉, 이 작품에서 류경채는 척박한 환경에서도 끈질기게 생명력을 이어가는 자연의 저력을 강조하였고, 봄은 이를 일깨운 결정적인 촉매였다. 또한, 이 작품이 해방 직후에 발표되었음을 생각하면 "끈질긴 자연의 저력"은 곧 국토를 재건하고 새롭게 출발하고자 한 당시의 시대상과도 맞닿아 있다고 하겠다.

그러나 이 작품이 제1회 국전의 대통령상 수상작으로 선정되었음에도 정작 주위의 평가는 엇갈렸다. 당시 심사 과정에서 수상작은 심사위원들의 투표로 결정되었는데, 공예부의 심사위원을 맡았던 강창규(姜昌奎, 1906-1977)는 "대통령상작품은 어데가 좋읍니까. 민주주의 국가에서 다수결은 유일한 방법이기는 하나 예술에 대해서 투표란 나는 반대합니다. 수가 질을 결정하는 것이 아니니까요. (중략) 나는 양심적인 입장에서 공예심사원인데도 불구하고 나는 다른 부분에 투표했지만…"이라고 털어놓으며 간접적으로 이 작품의 수상에 대한 불만을 드러냈다. 하지만 서양화부의 심사위원을 맡았던 이인성(李仁星, 1912-1950)의 평은 달랐다. 그는 이 작품에 대해 "강력한 색조(바아미리용루루상)로서 현대성에서 오는 회화"이며 "일종의 소박성을 가지고 자유로운 자연적 화제 속에서 창조적 구성은 대단히 좋으며 화면구성도 솔직히 표현하려는 의도에서 맛(味)을 알 수 있는 작품"이라고 평하며 사생 과정을 생략하고 자연을 주관적으로 재구성한 이 작품의 현대적인 시도를 높이 평가했다. 이러한 상반된 평가는 〈폐림지 근방〉이 당시 한국 화단에서 유달리 새로운 시도를 보여준 작품으로 받아들여졌음을 알려준다. 그래서 훗날 류경채는 "대상을 설명하기 위한 표현양식에서 벗어나 독자적인 표현방법으로 미의식이 변하기 시작했을 때 내 출품작의 독창성이 인정받은 것"이라는 소회를 밝히기도 했다.

하지만 류경채는 〈폐림지 근방〉으로 거둬들인 성공에 안주하지 않고 1960년대에 들어서는 자연을 묘사하는 것에서 벗어난 추상회화로의 새로운 변화를 시도했다. 이를 잘 보여주는 작품이 제10회 국전에

심사위원 자격으로 출품한 〈계절〉이다. 전술했듯이 이 작품은 화면에서 구체적인 자연을 연상시킬만한 요소들이 사실상 제거된 채 회갈색에 가까운 수수한 색채가 화면을 지배하고 있다. 때문에 얼핏 보아서는 이 작품이 어떠한 의도에서 제목에 명시된 〈계절〉을 표현한 것인지를 짐작하기엔 어려움이 따를 것이다. 하지만 알아볼 수 있는 사물을 그렸는지가 중요한 게 아니고 그림에서 무엇을 느꼈는지가 중요하다는 류경채의 발언을 다시 떠올린 뒤 이 작품을 유심히 보면 〈폐림지 근방〉에서 암시된 "봄의 생명력"이 새로운 표현으로 계승되었음을 충분히 유추할 수 있다. 회색과 갈색, 황토색, 엷은 녹색 등 다양한 중간색을 붓과 나이프로 겹겹이 바른 뒤 긁어내는 과정을 무수히 반복하여 만들어낸 요철(凹凸)형의 마티에르는 얼어붙었던 땅이 녹고 아지랑이가 피어오르는 순간처럼 화면에 활기를 불어넣고 있어서다. 즉, 〈폐림지 근방〉과 〈계절〉은 표현을 다르게 했을 뿐 결과적으로는 "마음의 거울에 비친 자연"을 자유롭게 재해석했다는 점에서 공통분모를 이루는 작품이다. "원고지 수백장 분량의 소설"이 있는가 하면 "1~2장으로 축소한 시"가 있듯이, 류경채는 작품에 있어 불필요한 것을 차차 거름으로서 마음속에 떠오른 "심상의 에센스"에 다가서고자 했으며, 이 과정에서 자연스럽게 추상적 표현으로 나아간 것이다.

※본문에 소개된 작품 〈폐림지 근방〉과 〈계절〉은 국립현대미술관 홈페이지에서 더욱 선명한 화질로 감상할 수 있습니다.

프로필

- 前 월간지 『예술부산』 객원기자(2020)
- 네이버 블로그 『어느 작업실의 팔레트』 운영.

2부

오애란
오준원
유미선
이성남
이윤재
이지희
임은정
장소영
정대용
정미숙
정원석
조성주
황선희

기록(記錄)의 힘

오 애 란

"기록은 기억을 이긴다"

천재 물리학자인 아인슈타인에게 기자가 집 전화번호를 묻자 아인슈타인은 자기 집 전화번호를 적은 수첩을 꺼내 대답했다고 한다. 기자는 황당해하며 자기 집 전화번호도 모르냐고 하자 아인슈타인은 '중요한 것을 기억하기 위해 중요하지 않은 것은 기록하고 잊는다.'라고 대답했다고 한다.

〈기록의 쓸모〉의 저자 이승희는 "모든 기록에는 쓸모가 있습니다." 라는 말로 기록은 '무쓸모의 기록이자 쓸모의 재발견'이라고 말했다.

어느새 2021년도 다 저물어간다. 코로나19와 시작한 2020년과 마찬가지로 2021년도 코로나와 함께 한 해를 살았다. 이런 팬데믹 시대를 이렇게 오래도록 유지하게 될 줄 어찌 알았을까.....

지금까지 살아오면서 어렵고 힘든 일이 없었던 시절은 한 번도 없었던 것 같다. 어릴 때는 그 나름대로 삶이 힘들다고 생각했었고, 어른이 되어서도 역시 삶은 여전히 힘들다는 것을 여러 번 경험했다. 물론 어려움의 크기가 사람마다 다르고, 시기마다 다르지만 '내 손톱 밑의 가시가 제일 아프다'는 말처럼 자신이 겪는 어려움이 가장 크고 힘들다고 생각하는 것은 평범한 사람들이 공통적으로 느끼는 감정이 아닐까!

어릴 때부터 책 읽고 낙서하는 것을 좋아했다. 글 쓰는 능력은 없으니 창작은 불가능하고 책 내용을 그대로 옮겨 적거나 마음에 드는 문장을 골라 예쁜 엽서로 꾸미는 등 종이와 펜을 가지고 노는 시간이 많았다. 기록을 좋아한 덕분에 내 기억력의 한계를 극복할 수 있었다. 그렇게 기록하는 습관은 2021년에도 계속됐다.

2019년 12월부터 새로운 일을 시작했다. 지금까지 아이들만 가르쳤는데 이제는 아이들을 가르치는 선생님들을 양성하기 위해 시작한 일이다. 오프라인 수업으로 진행해야 하는데 시작하자마자 코로나19가 생겼다. 처음에는 이 상황이 금방 끝날 줄 알았다. 우왕좌왕하는 사람들, 점점 심각해지는 세계 상황을 뉴스로 접하면서 점점 심상치 않음을 느꼈다. 우리나라 대구에서 시작된 집단감염은 걷잡을 수 없는 상황으로 번졌고, 결국 모든 모임은 불가능해졌다. 오랫동안 준비하고 시작한 새로운 일은 코로나19 앞에서 어이없게 무너졌다. 사람이 모여야 일이 진행되는데 모임 자체가 불가능하니 다른 방법이 없었다. 미리 잡아 놓은 교육일정은 수시로 변경됐다. 코로나19가 잠시 소강상태를 보이면 다시 교육 일정을 잡고, 사람을 모으고, 수업을 시작한다. 한주 수업하고 나면 또 다시 '집합금지' 이런 상황이 수시로 반복됐다. 인간이 가장 두려움을 느끼는 순간이 '예측불가능' 상황이라고 하지 않던가. 앞으로 어떻게 해야 할지 계획이 불가능한 날들이 이어졌다. 앞날을 생각하면 답답하고 짜증났다. 내 계획대로 할 수 없고 내 힘으로 어찌할 수 없는 상황이라는 것에 대해 화가 나고 조급함이 심해졌다.

마음이 답답하던 어느 날, 그동안 준비했던 과정을 적어 놓은 노트를 펼쳐 읽기 시작했다. 그리고 점점 마음이 편안해졌다. 내가 왜 새로운 일을 하려고 마음먹었었는지, 어떤 꿈을 가지고 시작한 일인지, 이 일을 통해 이루고 싶은 모습이 무엇이었는지를 다시 생각했다. 앞만 바라보느라 잊고 있었던 본질을 생각하니 조급했던 마음이 가라앉고, 분노도 사라졌다. 동시에 지금 무엇을 해야 하는지도 깨달았다.

내 힘으로 통제할 수 없는 상황이다. 그렇다면 내 힘으로 할 수 있는 일이 무엇인지 찾아서 그것을 하면서 다음을 준비하면 된다. 어차피 인생이 길어 앞으로도 충분한 시간이 있는데 나는 왜 이렇게 조급해 하면서 시간과 에너지를 낭비하고 있는 것일까? 지금 이 상황은 나만 겪는 것이 아니고 모든 인류가 함께 겪는 어려움의 시기인데 나 혼자 힘든 것처럼 수선을 피울 필요가 뭐가 있을까? 새로운 일을 준비하면서 당연히 부족한 부분이 있을테니 그런 부분을 다시 살펴보고 더 알차게 준비할 수 있는 시간으로 보내면 되지 않을까. 그러니 준비과정을 기록한 것을 꼼꼼히 살펴보고 조언도 구해서 빈틈을 더 채워보자.

'모든 것은 마음먹기에 달렸다'

신기하게도 마음을 바꾸자 상황을 해석하는 방향이 달라지고 제일 먼저 내 마음이 편안해졌다. 코로나19 상황은 그대로인데 내가 달라지니 앞으로 어떻게 해야 할지 방법이 보이기 시작했다. 그래서 또 종이와 펜을 들었다. 그리고 하나하나 다시 점검하면서 기록 하고 기록 하고 또 기록했다. 그렇게 준비하면서 새로운 방법을 찾게 됐고, 지금까지 열심히, 즐겁게 일을 하고 있다.

살아가면서 다양한 형태의 어려움을 겪게 된다. 때로는 조금 가볍게 넘길 수도 있지만 때로는 너무 힘겨워 다시 일어설 힘조차 낼 수 없는 경우도 있다. 어떤 경우에는 가벼운 방법으로 짧은 시간 안에 극복할 수 있지만 또 다른 경우에는 어떤 방법을 사용해도 극복이 안 되고 오랜 시간 힘들어하는 경우도 있다. 어려움 없이 사는 인생이 가장 좋은 인생이라고 생각하지는 않는다. 이왕이면 평탄하고 편안한 삶이 좋을지 모르겠지만 단단하게 성장하려면 어느 정도의 시련을 겪어야 한다고 생각한다. 그렇기에 인생은 누구에게나 시련이 있고, 누구에게나 어려운 과정이 추가된 채로 디자인되어 있는 게 아닐까!

어차피 어려움 없는 인생을 살 수 없다면 어려움을 이겨낼 자신만의 방법 한 두 가지쯤은 가지고 있는 게 좋다. 자신의 성향을 잘 파악해 자신에게 맞는 방법을 찾아야 한다. 사람관계에서 힘을 얻을 수도 있고, 맛있는 음식을 먹고 힘을 낼 수도 있고, 책을 읽고 거기서 힘을 얻어 자신이 처한 어려움을 이겨낼 수도 있다. 또 운동이나 악기 연주 등 취미활동을 통해 힘을 얻을 수도 있고, 자신의 생각을 글로 기록했다가 그 글을 읽으면서 힘을 얻을 수도 있다. 어떤 방법이든지 괜찮다. 자신에게 적합한 방법만 찾는다면. 나에게 적합한 방법이 바로 '기록'이었다.

앞으로 내 인생에 어떤 어려움이 나타날지 알 수 없다. 하지만 이제는 미리 걱정하거나 겁먹지 않는다. 왜냐하면 나는 어려움과 마주쳤을 때 나를 돌아보고 방법을 찾을 수 있는 기록을 오늘도 하고 있으니까. 나에게 기록은 기억을 이기는 힘, 어려움을 이기는 힘이다.

프로필

- 생각연필 독서논술 대표
- 독서지도사
- 방과후 아동지도사
- 〈책과 우리아이 절친맺기〉 저자
- 〈책을 읽고 나는 살았다 〉 저자

코로나의 위기 속에서 한글게임의 저작권을 지키기 위한 전쟁이 시작되다

오 준 원

2003년부터 보드게임 개발사를 운영하면서 다양한 고난들을 극복해왔지만 2020년에 맞닥뜨린 고난들은 그동안 겪어보지 못한 새로운 난이도의 고난들이었습니다. 다른 회사들처럼 2020년 한해의 목표를 세우고, 새로운 직원들의 합류로 더 의기투합해서 목표들을 하나씩 이루어 가려고 준비하던 차에 갑자기 심각해진 코로나는 우리의 일상을 완전히 바꾸어 놓았습니다.

보드게임은 사람들이 직접 만나서 게임을 해야 하고, 박람회, 대회 등 오프라인 행사를 기반으로 하고 있는 분야였기에 전사적으로 위기감이 고조되었고 대책 마련을 위해 분주했습니다. 우선 Zoom 과 같은 온라인 화상회의 프로그램들이 급부상하기 시작하면서 보드게임을 Zoom으로 연결해서 플레이 가능한지 연구를 시작했습니다. 1개월 동안 연구한 결과 불가능할 것만 같았던 온라인 보드게임 체험도 가능하게 되면서 온라인 보드게임 체험 행사들을 조금씩 진행해 보기 시작했습니다.

보드게임에 대한 소비가 급격하게 떨어지지 않을까 하던 회사 내부의 걱정들과 달리 코로나 시대 초기에는 외출을 자제하는 사회적 분위기가 형성되기 시작하면서 집에서 가족들과 할 것들을 찾는 인구들이 늘어났습니다. 그러면서 보드게임을 찾는 사람들도 많아져서 어느 정도 유지가 되었던 것이 불행 중 다행이었습니다. 정말 세상은 예측할 수 없는 것들 투성이입니다.

사내 교육팀에서 매달 오프라인으로 진행하던 보드게임 관련 교육 세미나들도 온라인 세미나로 전환하여 몇 번의 시행착오를 통해 자리를 잡아갔고 코로나의 위기를 대비할 수 있겠다는 자신감이 조금씩 생겨나기 시작했습니다.

하지만 이보다 더 큰 고난이 찾아왔습니다. 어려운 일은 정말 한꺼번에 찾아옵니다. 잘 알고 지내던 업체에서 저희 회사의 핵심 제품인 한글게임 라온과 매우 유사한 게임을 출시한 것입니다. 가깝게 지내던 업체에서 어떻게 이럴 수 있을까 하는 배신감이 들었지만, 어떤 일이 있어도 우선은 침착하게 해결해야 하기에 해당 업체 대표에게 연락을 취했습니다.

처음엔 협의가 될 수도 있겠다는 희망도 잠시 가졌었지만, 대화를 거듭할수록 어떤 협의로도 해당 회사에서 유사한 한글게임을 포기하지 않을 것이라는 확신만 더 들게 되었습니다. 2020년 7월은 그래서 저에겐 아주 잔인한 여름이었습니다. 업계의 가까웠던 사람들로부터 느꼈던 어려운 감정들이 이 일로 최고조에 다다르게 되었습니다. 비즈니스 환경은 영원한 적도 영원한 친구도 없다는 것은 알고 있었지만 마음이 너무 힘들어서 식사도 제때 하기 힘들었고 불면증에 시달리면서 살도 많이 빠졌던 어려운 시기였습니다.

코로나로 어려운 시기이니 제 회사의 저작권을 침해하는 것으로 판단되는 제품들이 나와도 우선 지켜보고 코로나 위기를 극복하는데 집중을 해야 하는 것인지, 코로나 위기만큼 큰 문제인 저작권 보호에도 힘을 쏟아야 할지 판단이 서지 않았습니다. 그렇게 잠 못 이루는 밤을 얼마나 지새웠는지 모릅니다. 해당 회사만이 아니라 2~3군데에서도 비슷한 움직임이 있다는 정보 또한 저를 매우 힘들게 했습니다.

코로나로 모두에게 위기가 닥치면서 어려워진 환경 속에 새로운 게임을 출시하는 것은 리스크가 더욱 커졌으므로 시장에서 성공한 게임의 보장된 제품성을 바탕으로 조금 더 안전한 제품을 내려고 하는 것 같다고 내부에서 얘기가 나왔지만 제 귀에는 들어오지 않았습니다. 한글을 바탕으로 한 게임이기에 일반 사람들은 저작권이 없거나 혹은 누구나 비슷하게 만들 수 있을 것이라고 착각할 수도 있습니다.

하지만 한글을 테마로 하는 다양한 창작물들이 나오고 있고 저마다의 저작권을 형성하고 있다는 것은 조금만 찾아봐도 알 수 있고 업계에 있는 전문가들은 더욱 쉽게 알 수 있습니다. 한글을 테마로 했다는 이유만으로 제 게임에서의 독창성마저 모두가 가져다 쓸 수 있는 공공저작물이 되지는 않습니다.

오랜 시간을 고민했지만 사실 답은 정해져 있었습니다. 코로나 시대의 위기와 저작권 침해 위기는 사실 별도의 사건이며 어느 하나가 다른 하나를 포기해야 할 이유가 될 수는 없다고 결론 내렸습니다. 큰 비용과 시간이 들더라도 포기할 수는 없다는 생각을 굳히고 나서는 마음이 한결 편해졌습니다.

중요한 소송이 될 것이므로 주변의 도움을 통해 유명한 법무법인에 사건을 위임하기로 했습니다. 비용이 문제가 아니었습니다. 이 저작권 침해 위기를 방치하면 국내의 많은 업체들이 저희 한글게임 라온과 그 시리즈들을 누구나 만들 수 있는 공공저작물로 인식하게 될 것이기 때문입니다.

그래서 해당 업체의 게임에 대해서 더욱 정밀한 분석을 하면서 저희 한글게임 라온과 제품 구성물과 컨셉, 규칙 등이 얼마나 유사한지를 조사하고 자료를 축적했습니다. 그리고 한글게임 라온을 기획하기 시작했던 2008년부터 지금까지의 모든 자료들을 다 찾고 정리했습니다.

내 것을 지키기 위한 과정이 얼마나 힘든 과정인지를 제대로 경험하게 된 시간이었습니다.

제 게임의 저작권을 인정받고 다른 유사 게임이 부정경쟁 행위임을 입증하기 위해 변호사들에게 전달할 정보들을 취합하는 과정도 참 어렵고 힘든 과정이었지만 무엇보다 정신적으로 힘들었던 과정은 따로 있었습니다. 그것은 바로 법정에 출석해서 상대측 변호인의 궤변을 들어주는 일이었습니다. 상대측 변호인도 우리를 상대로 반론을 펼쳐야 하므로 어떤 내용들이 반론으로 들어갈지는 어느 정도 예상할 수 있었습니다. 그렇더라도 보드게임과 학습교구는 엄연히 영역이 다른 콘텐츠인데 제가 만든 한글게임 라온이 국내 최초의 보드게임이라는 것에 대해 반론하기 위해 증거라고 제시하는 것들이 유아들을 대상으로 한글을 가르치는 학습교구들이었습니다. 비유하자면 아이들을 가르칠 때 사용되는 폴리오미노 (정사각형 여러 개를 이어 붙인 새로운 도형) 블록들이 오래 전부터 있었기 때문에 테트리스는 저작권이 없다는 논리와 같습니다. 상식적으로 말이 안 된다고 생각하지만 그렇게 주장하는 얘기를 듣고 또 그것에 대한 반론을 준비해야 했습니다.

제가 소송을 제기하여 피고 입장이 된 업체도 방어하느라 힘들 것입니다. 하지만 저도 3년을 고생해서 만들고 어렵게 출시해서 12년이 넘는 지금까지 고생하며 지금의 결과를 만들었습니다. 그럼에도 그동안 했던 모든 고생과 노력들이 한순간에 부정당하는 반론들을 법정에 갈 때마다 들어야 합니다. 법정에 갔다 오면 몸에 있는 모든 에너지가 다 소진되는 느낌을 견디고 또 견딥니다.

소송을 결심한 이후로 그렇게 보낸 시간이 벌써 1년 반 가까이 되었습니다. 그 사이에 정말 많은 일들이 있었습니다. 한글게임 라온과 유명 IP들의 콜라보 작업들도 많이 했습니다. 신비아파트 라온을 비롯해서 카카오프렌즈 라온 그리고 라온 with BTS까지 출시를 앞두게 되면서 라온의 인지도를 더욱 높이게 되었습니다.

소송은 아직도 끝나지 않았고 조만간에 5차 변론이 열립니다. 인생을 살다 보면 과거로 돌아가서 선택을 바꾸고 싶은 후회되는 일들도 있고, 돌아가더라도 같은 선택을 할 것이라고 자신하는 일들도 있습니다. 아직 재판에 대한 결론이 나지 않았지만 저는 그때로 돌아가더라도 같은 선택을 할 것입니다. 그 순간은 너무 힘들었고 과정도 쉽지 않았지만 저의 저작권 보호 노력이 주변에 알려지게 되면서 한글게임 라온의 저작권에 대해 몰랐던 분들도 알게 되고 응원해주는 분들도 주변에 많이 늘어났습니다. 쉽게 제 게임의 저작권을 가져다 쓰려고 했던 업체들도 포기하거나 출시를 유보하고 있다는 소식도 들려옵니다.

1년 반의 기록을 짧은 글로 정리했지만 정말 길고 험난한 시간이었습니다. 특히 심리적으로 여러 힘든 일들이 있을 때는 아무리 중요한 일이더라도 귀찮아지고 마주하기 싫어질 수 있습니다.

하지만 그때가 정말 중요한 터닝 포인트가 될 수도 있습니다. 때로는 흘러가는 대로 두어야 할 일들도 물론 있습니다. 이미 엎질러진 물처럼 돌이킬 수 없고, 시간을 두고 변화를 관찰하며 기회를 찾아야 하는 경우도 있습니다. 그러나 어떤 경우에는 지더라도 용맹히 맞서 싸우는 모습을 보여주어야 하는 경우도 있습니다. 쓰러져서 상처를 입더라도 또 덤비려는 무리들에게 똑같이 할 것이라는 인식을 줄 수 있기 때문입니다. 내가 내 것을 지키는 것이 당연하지 않은 세상에서 꼭 본보기를 만들고 싶습니다. 그래서 지금도 저는 싸웁니다.

내 것을 지키지 못하고 있거나 빼앗길 위기에 계신 분들에게 꼭 말씀드리고 싶습니다. 쉽게 뺏기지 마세요. 내 주변에 있는 99명이 선한 사람들이라 하더라도 단 1명 때문에 나의 인생이 지옥이 될 수 있습니다. 내가 만든 것을 빼앗고 인생을 지옥으로 만들려는 사람이 있다면 그 사람으로 인해 내 인생이 지옥이 될지언정 그 사람도 같은 고통을 겪어야 한다는 것을 보여주세요. 꼭 법정에 서지 않더라도 할 수 있는 노력들은 많습니다. 그렇게 노력한다면 여러분 곁에 여러분의 것들이 온전히 그 자리에 있을 것이라고 믿습니다.

프로필

- (주)젬블로 대표이사
- 보드게임 개발자
- 게이미피케이션포럼 이사
- 한국콘텐츠진흥원 게임인재원 기획팀 교수
- 전(사)한국보드게임산업협회 협회장

아가

유 미 선

"아가야"

이 말처럼 다정한 말이 또 있을까?

내 아가를 부를 때, 어린이들을 사랑의 언어로 부를 때, 며느리를 부를 때,

"아가"

라고 부르면 부르는 이나 듣는 이 모두가 사랑으로 감싸이는 듯하다.

내 딸아이가 여고생이 될 무렵, 등교 후에 음악을 들으며 한가로운 시간을 보냈다. 블로그나 홈페이지에 가입된 회원들과 음악을 함께 공유하며 시와 풍경을 감상하기도 했다. 참으로 음악은 마음을 편안하게 해준다. 조바심치는 시간이 불과 2~3분일 때 그 짧은 시간이 몇 시간처럼 중압감을 줄 때도 있건만, 가벼운 한 곡을 감상하는 시간은 길어야 5분이다. 그런데, 5분이 얼마나 평온 가운데 스르르 흘러가는지 시간 가는 줄을 모른다. 내가 견디기 힘든 순간들을 음악과 함께 한다면 평온함은 어느덧 나의 친구가 된다는 것을 알게 되었다. 그리고 한 편의 글을 썼다

『아가(雅歌)! 별처럼 아름다운 너~ 널 들여다보고 있노라면……』.

이렇게 시작된 글이 『아가! 별처럼 아름다운 너!』로 마쳐졌다. 나는 음악을 예찬하는 글을 쓴 것이다. 그런데, 음악처럼 아름다운 존재는 이 세상에 딸 말고 누가 있겠는가. 나는 이 글을 내 딸아이에게 선물했다. 딸은 말했다.

"엄마 이 글 외워?"

"아니!"

"아이! 엄마가 쓴 글을 왜 못 외워!"

다음날 딸이 등교한 뒤 부지런히 외웠다. 그리고 딸아이의 눈을 바라보며 외웠다. 딸이 그때처럼 빛나는 눈동자로 나를 바라본 적은 없었다. 몇 번이고 또 외우라고 했고, 나는 행복감에 젖어 딸의 눈동자를 마주 보며 외우고 또 외웠다.

엄마의 노래

아가,
별처럼 아름다운 네 눈동자를
보고 있으면

천사들의
곱고 맑은 연주 소리가
온 하늘을 가득 메우고

아가,
쌔근쌔근 잠든 네게

귀 기울이면

밤하늘의 별들이
반짝반짝
내 마음에 수를 놓는단다.

이 글은 딸이 대학에 들어갈 때쯤 전주로 이사한 뒤 수정된 글이다. 최명희 문학관에서 '동심찾기 여행자'프로그램에 참여했을 때 동화작가 선생님의 지도를 받고 수정되었다. 그러나 딸은 말했다.

"엄마가 처음에 쓴 글이 더 좋아요."

그것은 다름 아닌『아가~ 별처럼 아름다운 너~』이 구절이 세 번 반복되기 때문이었을 것이다. 사랑의 언어는 듣고 또 들을수록 마음 깊은 곳에서 샘물이 솟아 나오니까 그랬을 것이다.

세월이 흐른 뒤 딸이 말했다.

"엄마! 그때 엄마가 나를 위해 글을 쓰고 외워줄 때 내 자존감이 올라갔어요."

오늘은 창문에 붙여둘 몇 개의 글과 사진을 찾다가 그 당시 써둔 일기를 다시 꺼내 읽게 되었다.

친 구

이제부터는
너희를 종이라 하지 아니하리니

종은 주인의 하는 것을
알지 못함이라

너희를 친구라 하였노니
내가 내 아버지께 들은 것을
다 너희에게 알게 하였음이니라

– 요한복음 15장 15절

오월의 첫날, 집 안팎을 청소하며 소연이와 하루를 보냈다. 빨래, 옷장 정리, 서랍 정리, 먼지도 닦아내니 점심때가 한참 지나서야 나라스넥에 가서 물냉면, 비빔냉면을 사서 먹게 되었다. 돌아오는 길에는 튀김을 사고 반찬거리를 이것저것 사 들고 들어왔다.

아! 감사가 절로 나온다. 이제야 마음의 여유로움 속에서 나의 삶을 돌아보며 마음 깊이에서 진정한 감사를 할 수 있다. 내가 외출을 하고 난 뒤 소연이가 혼자 남아도 안정된 분위기에서 제 할 일을 스스로 할 수 있고 자기만의 시간을 자유롭게 보낼 수 있는 방을 가질 수 있기를 간절히 기도해왔다. 지금에야 그런 생활을 비로소 할 수 있게 되었다.

이곳에 온 지 만 일 년이 되었구나. 창 너머로 육차선 도로를 달리는 차 소리가 쉬지 않고 들리지만 이제 그것이 문제 될 게 별로 없다. 비에 젖은 도로를 차들이 달릴 때 들리는 소음으로 인하여 많이 힘들었다. 그러나, 모처럼 내리는 단비의 기쁨을 생각하며 견뎌내었다.

소연이가 먼저 잠자리에 들었다. 깨끗이 씻고 곱게 잠든 소연이 곁에서 나도 이젠 포근히 잠을 청할 거다. 우리는 행복하다. 주님과 동행하는 삶을 살고 있기에 말이다. 그분의 가득한 사랑이 늘 우리를 행복하게 해준다. 지난날의 아픔들이 이제 더 이상 우리를 고통스럽게 하는 아픔으로 작용하지 않는다. 우리에겐 미래에 기다리고 있는 소망의 시간과 오늘의 인내만이 존재할 뿐이다. 어떤 고난도 우리의 연약함을 더 연약해지게 하지 못한다. 그것은 단지 불순물을 제거하는 정련의 과정일 뿐이다. 오직 그분을 사랑하는 마음만이 우리 마음의 전부가 될 뿐이며 그분의 사랑만이 우리를 살아 숨 쉬게 하는 유일한 생명싸개이다. 이제 다툼도 그치고 혼란도 멈추었으며 힘써 여호와를 알기 위해 그분의 감동으로 기록된 말씀을 그분의 감동하심으로 대하여 볼 뿐이다.

빛으로 오신 예수여! 당신은 말씀이십니다. 나를 지으신 당신께서 나의 어린 딸을 나에게 선물하셨습니다. 이 세상의 그 누구보다 가장 나를 사랑하고 잘 이해하는 당신의 심장을 지닌 나의 소연이를 주셨습니다. 주님께서는 나를 너무도 잘 아시고 나를 너무도 잘 아시는 인애하신 분이십니다.

디베랴 바닷가에서의 부활하신 주님과 제자들의 만남은 나를 더 이상 조바심치는 자리에만 머물러 있게 하지 않는다. 그곳 한 중앙에 계신 그분의 가장 가까이에 내가 있는 것이다. 그분과의 대화 속에 내가 있고 그분의 당부하심이 곧 나에게 남기신 최고의 사랑의 언어이다.

부르심
당신께서 직접 저에게 말씀하셨습니다.

내가 당신께 직접 드리는 내 삶.

그것은 그 어느 것도 아닌 바로 이것입니다.

"내 주님 내가 주님을 사랑하는 줄 주께서 아시나이다.

네!

주님의 어린양을 먹이겠습니다.

주님의 양을 돌보겠습니다.

주님의 양을 먹이겠습니다. 주님께서 내게 하셨듯이 나도 주님의 양을 위하여 말입니다. 나를 친구 삼아주시는 주님을 항상 마음에 새기어 내게 주신 주님의 양들을 대할 때에 나도 친구 되어 그들의 아픔을 주님의 사랑으로 어루만지겠습니다.

소망 중에 거하게 하며, 그들의 기쁨으로 나도 기뻐하며, 그들의 주림을 채우며,

그들의 배부름에 감격하는 삶이 될 것을 말입니다. 주님."

(올네이션스 역:내 구주 예수님 주 같은 분 없네)

2001. 5. 1.

Yes, I can!

뜻깊은 하루였다. 유리창을 물로 씻고 걸레로 창들의 먼지 뭉치를 닦아내고 망사로 된 꽃무늬의 커튼을 핀으로 고정하고나니 이마에서부터 온몸을 적시는 땀으로 마음까지 상쾌해졌다. 청소를 마치니 동향의 방에서 열어 둔 창문으로 바람이 불어 들어와 남향의 창으로 불어나가 봄기운이 방안 가득 감돌아 행복에 젖어 무릎을 꿇고 앉아 기도와 찬양으로 감사를 드렸다.

—중략—

저녁을 부지런히 했다. 소연이가 왔다. 저녁 먹는 모습을 보고 기독교 방송국에서 열리는 어린이 전도협회 새소식반에 참석했다. 복습게임 시간에 제시된 코스를 통과해 세 가지의 선물을 받아 더욱 기뻤다. 남홍웅 목사님이 강의 중에 꽤 긴 시간을 할애하여 말씀하신 내용은 하나님께서 들려주시는 격려와 용기의 말씀으로 온 마음과 영과 몸을 시원케 하였다.

"하고 싶은 일을 하세요. 예수님 안에서요."
"네, 주님 감사해요. 할게요. 꼭 하겠어요."

미리 신청해둔 교수학습 자료를 챙겨서 집에 돌아와 방안에 몽땅 펼쳐놓고 교안을 짰다.

'이제 하루하루 살아가는 거야. 내일을, 십 년 후를 당겨서 고통스러워하며 고민하지 않을래.'

새벽을 위해서 일찍 잠자리에 들었다. 지난 토요일의 고통이 일기장에 흔적을 남겼다. 어느덧 새소식반 훈련이 내일이면 마치게 된다. 성경학교와 풍선아트, 레크리에이션 강습회가 오월 유월에 연속적으로 일정이 잡혀 있어 기대된다.

이제야 비로소 새롭고 역동적인 삶이 진행되고 있다. 아직 가야 할 길이 멀다. 내가 겪어 온 예기치 않았던 불행이 도리어 내 삶을 더욱 보배롭게 바꾸게 되는 계기가 되리라고는 상상도 할 수 없었다. 이제 하루하루 준비하는 과정들이 누적된다면 지난날의 나처럼 불행을 안고 일어서지 못하고 울고 있는 이들에게로 가서, 그들의 눈물을 닦아주며 그들 또한 내가 그랬듯이 하나님의 크고 비밀스러운 일을 깨달아 알고 일어서도록 전하리라.

작년에 편입하여 내년이면 졸업하게 되는 신학교에서 삼일간의 일정으로 졸업여행을 하게 되었다. 출발하는 날 부푼 마음으로 청송으로 향하였다.

-후략-

2001년 오월의 어느 날

전주로 다시 이사를 와서, 나는 일기장을 몽땅 들고 주인을 알 수 없는 빈 텃밭에 쪼그리고 앉아 거의 태웠다.

'내가 작가도 아닌데, 무슨 글을 써.'

나는 자조 섞인 언어들을 떠올리며 아낌없이 태웠다. 그리고, 내가 소중하게 생각하는 예쁜 딸아이의 일기장과 주고받은 편지들은 간직했다. 지금 그 일기와 편지들, 그리고 부스러기와도 같이 파일에 끼어있는 인쇄된 일기들만이 내 곁에 남아있다.

'마굿간', '너의 미소', '무궁화'와 같이 동시와도 같은 짧은 글들은 모두 다 태워졌다.

그리고 '동시 읽는 어머니' 모임에 나가면서 '에스더를 위한 시'를 종강일에 수강생들 앞에서 읽었다. 아동문학가 선생님은 조용하게 말씀하셨다.

"용혜원 시인의 글과 닮았어요."

에스더는 내 딸이 인터넷 공간에서 쓸 수 있게 붙여준 닉네임이다. 나의 닉네임은'에녹'이었다. 대장부처럼 살고 싶었다. 어머님께서 그러셨듯이 말이다. 칠 남매 모두를 대학에 보내셔서 자신의 포부를 펼치고 살아갈 수 있게 진두지휘하신 대장부셨다. 아버님께서는 묵묵히 어머님의 지휘에 따르시듯 그렇게 말없이 자녀들을 위해 한평생을 쏟아부으셨다. 이 새벽에 가만히 이름을 불러봅니다.

어머니, 아버지.

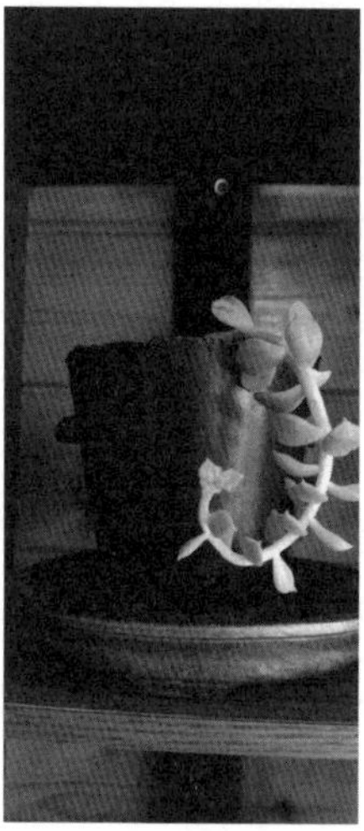

프로필

- 전주기전여자대학교 유아교육과 졸업
- (전직)초등학교 병설유치원 정교사
- 동화구연가, 책놀이지도사, 놀이활동개발자
- 현재 초등학교 돌봄전담사
- 글쓰기 교실(동화작가) 수강생

누군가의 아픔을 이해하기 위하여

이 성 남

5살 때의 일이다. 나는 경북 지방 어느 보육원 앞 가게 앞에 버려졌다. 아무도 없는 새벽 시간 한 성인이 나를 이불에 잘 감싸 소중히 놔두고 갔다. 남자였는지 여자였는지 알 수는 없다. 몇 시간 뒤에 동이 트고 가게 주인이 평소 자주 있는 일인 듯 자연스럽게 보육원에 나를 맡겼다.

5살에 나는 중고등학생 여자들이 있는 집에 배정되었다. 고등학생 누나들에게 귀여움을 받으며 편안하게 지냈다. 누나들이 주는 밥과 간식을 받아먹으며 그들이 누구인지 별 관심 없이 친누나처럼 받아들였다.

8살 무렵 초등학생 남자들만 사는 집으로 이동하게 되었다. 그동안 누나들의 귀여움만 받다가 내 또래 남자들이 사는 집으로 이동하니 몹시 낯설었다. 너무나 불편하고 시끌벅적하고 짓궂은 장난을 치는 환경이 적응되지 않았다. 보육사도 20명가량의 남학생들을 다 관리하지 못해 항상 빨랫방망이나 연탄집게를 손에 들고 수시로 머리와 몸 곳곳을 때리며 훈육했다. 말이 훈육이지 지나고 보면 폭행에 가까웠다.

괴로웠던 건 그뿐만이 아니었다. 고학년 남학생들의 장난은 상상을 초월했다. 나를 이불 속에 넣고 발로 밟거나, 먹지 못하는 음식을 강제로 먹이거나, 추운 겨울 찬물에 들어가게 했다. 선배들의 옷은 물론이고 신발이며 속옷까지 빨아야 했다. 식사 시간에 선배들에게 밥을 차려주고 설거지를 하는 것도 저학년의 몫이었다.

잠도 편하게 잘 수가 없었다. 한 이불 안에서 네댓 명이 함께 잤는데 선배들이 몸을 더듬거나 꼬집는 장난을 칠 때마다 너무나 괴로웠다. 선배들이 이불을 다 끌어가 추운 날 떨면서 자는 경우도 허다했다. 새벽에 강제로 깨워 어느 가게의 작은 구멍으로 들어가 물건을 훔쳐 오도록 한 것도 정말 곤욕이었다. 들킬 수도 있다는 생각에 긴장하면서 물건을 훔치는 것은 여간 힘든 일이 아니었다. 훔치는 것도 힘들었지만, 내일 가게 주인이 보육원에 와서 나를 잡아가지는 않을까 하는 불안감이 더 크게 엄습해왔다. 훔친 물건을 나에게 하나도 주지 않으면서 자주 도둑질을 시키는 그들이 너무나 미웠지만, 선배들이 무서워 그들의 말을 듣지 않을 수가 없었다.

보육원에서 같은 초등학교에 60명 정도가 다녔다. 각 학년 당 10명 정도 보육원생이 있었으니 사실 우리는 무서울 게 없었다. 보육원을 벗어나 학교에 가는 것이 마냥 즐거웠다.

하지만 우리를 향한 선생님들과 친구들의 편견은 매우 심했다. 일반 가정에 3자녀가 있다면 한 명 정도는 부모님과 선생님의 말을 잘 안 듣는 아이들이 있듯이, 보육원생 중에는 그런 아이들이 참 많았다. 부모와 일찍이 헤어져 사는 아이들의 정서가 온전할 리 없었다. 그래서 그 아이들이 학교에서 도둑질이나 심한 장난을 하면 선생님들이 모든 보육원생을 도둑이나 잠재적 학교부적응자로 여겼다. 물건이 없어지면 먼저 우리를 의심하고 추궁했다.

학기 초 가정환경조사를 위해 "부모 없는 사람 손 들어"라는 질문을 받는 건 매우 평범한 차별이었고, 운동회나 졸업식, 학부모회에 부모의 참석이 불가능하다는 이유로 공정한 대우를 받지도 못했다. 지금 되돌아보면 참 개구쟁이였던 나는 고무줄놀이를 좋아하던 여학생들의 고무줄을 끊거나 그들의 가방을 숨기는 등 심한 장난을 즐겼다. 참 부끄러운 과거이기도 하다.

4학년 때 만난 담임 선생님은 나의 거친 행동과 과감한 성격을 잘 이해해주었다. 그래서 냄새가 많이 나는 온실 청소나 여러 궂은 심부름을 시키며 말을 잘 듣는 나를 크게 칭찬해주었고 가끔 선생님 집에서 밥을 주기도 하였다. 구구단을 잘 모르는 나를 방과 후에 남겨 다른 친구들의 도움을 받도록 해주었다. 그러한 선생님의 도움으로 6학년 때 부실장을 하기도 했다. 학교에서 많은 차별을 당했지만 관심을 가져주셨던 분들의 도움으로 잘 이겨낼 수 있었다.

5학년 때 한 아이가 전학을 왔다. 선생님의 아들이었는데, 선생님께서 전입을 오시면서 함께 오게 된 것이다. 그 아이는 얼굴도 곱상하고 성격도 좋고 옷도 잘 입어 많은 관심을 받았다. 옆에서 지켜보던 나는 너무나 부러웠지만 한편으로는 내가 키도 더 크고 운동도 잘한다는 생각으로 그 부러움을 이겨내고자 했다. 그 아이와 친하게 지내는 아이들을 보면서 나도 친구를 잘 사귀어야겠다는 생각을 하게 되었고, 어느 날 친구를 보육원에 데리고 와서 놀았다. 다른 보육원 친구들과 달리 나는 보육원에 사는 것을 그렇게 부끄럽게 생각하지 않았다. 내 방을 안내하고 함께 맛있는 간식도 먹었다. 나 역시 친구들의 집에 방문하면서 나와 다른 가정 환경을 구경하기도 하였다. 자칫 보육원에만 있었다면 일반 가정의 친구들을 부러워했을지도 모르겠지만, 친구들 집에 가보니 마냥 다 행복한 것만은 아니라는 걸 알게 되었다.

6학년 때 잘난 척을 많이 하면서 다른 아이들을 괴롭히는 친구가 있었다. 그 친구는 자신이 싸움으로는 1등이라며 자랑하고 자신이 맡은 구역의 청소를 하지 않았다. 나는 그 친구에게 청소를 왜 안 하냐고 따지면서 싸우게 되었다. 그 친구는 바로 자신의 아빠에게 싸운 사실을 알렸고 친구의 아빠는 나를 붙잡아 자신의 가게로 데리고 갔다. 다짜고짜 왜 친구를 때렸냐며, 내가 누군지 아냐며, 보육원 사는 주제에 왜 싸우냐며 엄청 혼을 냈고 반성문을 쓰게 했다. 나는 1시간 가량 엎드려뻗쳐를 한 뒤 집으로 쓸쓸히 돌아가게 되었다. 알고 보니 친구의 아빠는 학교운영위원장이었다. 나같이 보육원에 사는 아이에게 자신의 아이가 맞았으니 참 화가 많이 났는가 보다. 맞상대해 싸웠는데 내가 더 잘못한 것처럼 알려져서 억울했지만 나는 학교에서 더 당당하게 지냈다. 싸운 친구보다 더 열심히 공부하고 운동도 했다.

중학교에 가니 힘깨나 쓰고 공부도 잘하는 아이들이 많았다. 다들 싸워서 '학교짱'이 되는 것에 관심을 갖는 시대였다. 나 역시 싸움을 못하는 것은 아니었지만 어디서나 무시당하고 싶지 않았다. 어느 날 같은 학교를 졸업한 키가 작은 친구가 누군가에게 맞는 것을 보고 나는 화가 나서 때린 친구를 혼내주었다. 정의감에 한 일이지만 그 대가는 너무 컸다. 나에게 맞은 친구의 반에 우리 지역 중학교 짱이 있었다. 그 짱이 나를 찾아와 나와 싸우자고 했다. 몇 분간 내가 일방적으로 맞고 끝이 났다. 그러한 일이 있고 난 후 나는 자연스럽게 싸움 2등이 되어 중학교를 편안하게 다니게 되었다. 그래도 나는 다른 약한 아이들을 도와주고자 노력했고 선도 활동도 하면서 스스로 리더십을 키워나가고자 노력했다.

하교하자마자 바로 집으로 가서 형들이 들어오기 전 청소를 해야 했기에 친구들과 잘 놀지도 못했다. 학교 마치고 떡볶이 한 번 먹으러 간 적이 없었다. 심지어 석간신문을 돌리면서 용돈을 벌어야 했다. 학원은 다닐 수도 없었다. 변변한 학습서를 살 돈도 없어 공부를 잘할 수가 없었지만, 우리 반에서 공부를 잘하는 친구들에게 공부법을 물으며 방법을 찾았다. 전교 1등 친구가 사회책과 과학책을 다 외워 공부한다는 사실을 알고 나도 무조건 모든 교과목을 외웠다. 그 방법이 어느 정도 효과가 있었지만, 이해력이 부족해 길게 공부하지는 못했다.

한 번은 석간신문을 돌리며 다른 여자 중학교 앞을 지나가게 되었다. 신문을 담은 자전거를 잘 세워두었는데 자전거가 넘어져 신문이 다 쏟아져버렸다. 하교하던 여중생들이 나를 가련한 눈빛으로 쳐다보았다. 너무나 부끄럽고 괴로웠다. 그러나 내가 맡은 일에 최선을 다하는 것이 나의 좌우명이라 나는 끝까지 신문을 배달하면서 공부했다.

중학생이 되고 난 뒤 중고등학생 남자들이 사는 집으로 이동하였다. 나를 키우던 보육사를 엄마로 여기며 살았는데 집을 옮기게 되어 괴로웠다. 중1이었던 나는 고3 형들이 시키는 어떤 일이라도 할 수밖에 없었다. 형들 빨래 빨기, 도시락 쌓기, 새벽에 라면 끓이기 등 너무나 심한 도우미 역할을 했다. 형들이 피곤해하면 마사지까지 해주어야 했다. 무엇보다도 청소를 깨끗하게 하지 않으면 새벽까지 맞았다. 너무나 괴로워 가출을 하고 싶었지만 가출한 다른 친구들이 매번 잡혀 오는 것을 보고 하지 않았다. 하지만 대구에 사는 후원자님의 도움으로 그 어려움을 이겨낼 수 있었다. 방학 때마다 후원자님 집에 방문하는 것은 유일한 낙이었다. 매달 보내주시던 용돈은 금액을 떠나 나에게 큰 힘이 되었다. 그 용돈으로 필요한 참고서를 사 공부를 열심히 했다.

고등학교에 가서 실장을 하였다. 누군가에게 보육원에 사는 것이 밝혀질까 봐 조심스러웠지만, 학급 임원을 하면서 자신감을 키워보고 싶었다. 누군가에게 무시당하기 싫어 공부를 열심히 해서 전교 1등도 했다. 나도 할 수 있다는 자신감을 얻게 되면서 공부에 재미가 생겼다. 공부도 중요했지만, 나는 공부를 잘 못하거나 다른 친구들과 잘 어울리지 못하는 친구들에게 더 관심이 갔다. 그 친구들을 위해 자주 학급 레크리에이션을 하고 졸업 후에도 군대 주소를 조사하여 서로 연락을 주고받도록 했다. 지금도 그 친구들과 모임을 하고 있으니 나에게 참 소중한 친구들이다.

보육원에 있으면 항상 시끌벅적하다. 단체 생활이라 보육원 생활 규정이 있지만, 부모가 없는 환경에서 성장한 아이들은 매우 거칠었다. 간식이 나오면 하나라도 더 먹고 싶어 싸우고, 아무도 모르는 곳에 숨겨놓은 용돈을 어떻게든 찾아서 훔쳐 갔다. 동생 괴롭히기를 취미 삼던 형들은 매번 보육사들에게 혼났다. 청소년기 친구는 참 소중하지만, 보육원 친구들은 그렇지 않았다. 보육원 친구들은 가출을 하면서 나쁜 짓을 참 많이 했다. 그래서 나는 보육원 친구보다는 일반 가정의 친구들과 함께 놀려고 노력했다. 내 환경을 비관하기보다 그들처럼 되고 싶었다. 평범한 가정을 꿈꾸며 공부하고 싶었다. 그래서 학습지 도우미 봉사를 하는 후원자님과 함께 열심히 공부했다. 다른 보육원 친구들이 뭐 하러 공부를 하냐며 핀잔을 주기도 했지만, 나는 공부에 매진했다. 학교 친구들과 함께 서점에서 책을 읽은 것이 참 행복했고, 도서관에 가 함께 공부했던 것이 즐거웠다. 보육원에 돌아가면 암담했지만, 매번 긍정적으로 생각하고자 노력하였다.

대학에 입학한 나는 한편으로 너무나 처량했다. 차를 타고 다니는 선배도 있고 연애를 할 정도로 여유가 있는 동기들이 많았다. 하지만 나는 식비도 없었기 때문에 아르바이트를 하지 않을 수가 없었다. 학과 행사에 참석하기 위해 보육원이며 주변에 손을 벌리는 일은 너무나 많았다.

나는 중고등학교 시절 선생님들이 나를 잘 지도해준 것에 보답을 하기 위해 체육교육과에서 열심히 공부했다. 오전, 오후, 저녁 수업을 듣고 나면 매일 피로가 몰려왔다. 변변찮은 반찬을 먹고 두 명이 누우면 꽉 차는 자취방에서 잠을 잤다. 화장실은 야외에 있는 공용 화장실뿐이었다. 1년에 60만 원인 자취방에서 사는 것은 불편했지만 만족하며 최대한 학교 도서관에서 공부를 하고 밤늦게 들어갔다.

어느덧 4학년이 되어 임용고시 공부를 하기로 결정했다. 다른 동기들은 2년 전부터 교육학 공부를 위해 학원에 다니고 있었는데 나는 그것을 알지 못해 3학년을 마치고 학원에 다니게 되었다. 교육학 학원은 다녔지만 체육 전공 학원은 다닐 수가 없었다. 대신 전공 학원에 다니는 선후배들이 받아온 자료를 구걸하듯 나눠달라고 하며 공부했다. 서울까지 학원에 다니는 동기들을 보면서 내가 참 불쌍하다는 생각이 들었지만, 내가 잘 할 수 있는 것을 해보자는 생각으로 공부에 열중하였다. 힘든 가운데 사범대학교 도서관 자원봉사를 하면서 학우들이 공부를 열심히 하도록 도와주기도 하였다.

어느 곳에서나 열심히 하면 길이 열린다고 생각했다. 대학교 2학년 때 우연히 아는 형님이 본인이 어쩔 수 없이 할 수 없게 된 대학교 야간 지킴이를 하도록 해주었다. 지킴이 활동은 대학교에서 진행하는 높은 시급의 아르바이트였다. 학교를 지킨다는 자부심과 높은 시급에 경쟁률이 매우 치열한데 운 좋게 하게 되었다. 3학년 때는 아는 동기가 ROTC에 선발되어 과사무실 아르바이트를 못 하게 되어 나에게 넘겨주었다. 1년간 과사무실에서 교수님들의 수업 준비를 돕고 조교 선생님의 보조를 하면서 장학금을 받을 수 있었다. 또한 담당 교수님과의 지속적인 상담을 통해 교사의 꿈을 확실히 가질 수 있었다. 교수님께 보육원 출신임을 밝히고, 아낌없이 조언받기 위해 자주 찾아뵈었던 것이 임용고시를 준비하는 데 큰 힘이 되었다.

누구나 아픔이 있고, 각자의 아픔을 가장 큰 것처럼 여긴다. 특히 어릴 때 받은 상처는 평생을 간다. 부모 없이 성장한 사람들은 자녀를 특이하게 양육할지도 모른다. 일반 가정에서 성장한 이들처럼 자식들에게 많은 사랑을 못 줄지도 모른다. 나는 이러한 부족함이 있는 아빠이지만, 자식들에게 솔직하게 나의 과거를 이야기하며 그들이 아빠를 존경하게 되는 것이 더 행복하다.

교사가 된 것은 힘든 보육원 생활을 극복하고자 했던, 그리고 학교생활을 잘하고자 했던 노력의 결과다. 마음에 들지 않는 선생님들도, 마음을 다 터놓을 수 있는 선생님들도 있었다. 좋은 선생님의 인자한 모습과 아이들을 사랑하는 마음을 닮고자 노력했다. 보육원에서 단체생활을 하며 알게 된 좋은 것들을 인생의 힘으로 키우고자 했다. 나에게 베풀어주신 선생님들의 사랑을 다른 학생들에게 나누어주고자 교사가 되었다.

학교에 다니면서 나는 나름대로 당당하게 살려고 노력했지만, 수많은 보육원 동생들이 학교에서 무시당하고 차별당하는 모습을 지켜보았다. 매일 친구들에게 맞고 공부를 못해 놀림당하는 후배들을 보면서 입을 꽉 다물고 노력하였다. 일반 가정에서 성장하더라도 성공하지 못할 수 있고, 보육원에서 성장하더라도 성공할 수 있다는 굳건한 의지를 가졌기에 나는 지금 이 자리에 있는 것 같다.

교사가 된 후 학교에서 다문화학생, 탈북학생, 한부모가정 학생들을 만나면서 이들의 처지가 보육원에 살았던 나만큼이나 힘들다는 것을 알게 되었다. 자연스럽게 그들에게 관심을 가지게 되었다. 어느 학교에 가더라도 보육원 학생들을 만나면서 그들에게 꼭 필요한 것이 무엇일지 궁금했다. 나의 경험을 통해 학교에 적응을 잘하고 절대 차별당하지 않도록 무슨 일을 할 수 있을까 고민했다. 우선 교사로서 내가 더 열심히 해야 한다고 생각했다. 내가 보육원 출신 교사라는 것을 아무도 모르지만, 나는 어렸을 때의 경험을 바탕으로 연구하는 교사가 되기 위해 노력하여 2021년 대한민국 스승상 수상자로 선발되어 옥조근정훈장을 받게 되었다.

세상은 보육원 아이들을 무시한다. 자신이 경험하지 못한 다른 부분에 대한 다름을 인정하지 않는 편견 때문이다. 하지만 언젠가, 누구나 고아가 된다. 고아여도 괜찮고 부모가 없어도 당당할 수 있다. 나는 그러한 사실을 알리기 위해 단체를 설립해 활동하며 방송 출연도 마다하지 않고 있다. 책을 집필해 보호종료 아동의 아픔을 알리고, 그들의 권익 보장을 위해 노력하고 있다.

동료 교사들은 내가 보육원 출신이라는 것을 알게 된 뒤 나에게 관심을 많이 가진다. 주로 교사들은 안정된 가정에서 여유 있게 공부한

분들이 많기에 나 같은 아동양육시설 출신은 낯설어한다. 보육원 출신인 것이 알려지고 매우 부담스러웠다. 굳이 안 알려도 되는 나의 과거가 자칫 또 다른 편견을 낳을까 봐 조심스러웠다. 하지만 나는 더 이상 보호아동이 이 땅에 생겨나지 않도록 하는 것이 나의 사명이라고 생각한다. 학교나 사회에서 누구도 차별받지 않고, 오히려 약자들이 존중받고 공정하게 대우받는 세상이 되도록 노력할 것이다.

나는 후원 아동이다. 후원 아동이라는 것을 잊지 않을 것이다. 내 부모는 나를 버렸지만 나는 부모를 버리지 않았다. 부모는 나를 기억하지 않겠지만 나는 부모를 기억할 것이다. 부모를 용서하라는 말은 나에게 불효로 느껴진다. 부모는 용서하는 존재가 아니라 이해해야 하는 존재다. 나도 부모이기에 그들을 이해해야 한다. 후원을 받고 성장한 만큼 힘든 이들을 도와주는 것이 나의 사명인 것이다. 내가 있는 학교 현장에서 불행한 아이들이 안정된 삶을 영위하도록, 이 땅에 보호 아동들이 자립에 성공할 수 있도록 멘토가 되어 주는 것이 나의 꿈이자 인생의 목표다.

프로필

- 나는 행복한 고아입니다 저자
- 00교육지원청 장학사
- 한국고아사랑협회 회장
- 유튜브 나행고TV , 재미난 체육교사 운영
- 제10회 대한민국 스승상 옥조근정훈장 수상

위기는 곧 기회다

이 윤 재

사업이 이렇게 오랫동안 힘든 일인 줄 알았다면, 애초에 시작하지 않았을 것이다.

2012년 안정적인 외국계 회사를 나와 사업을 처음 시작한 지 횟수로 11년, 기간으로는 10년이 훌쩍 넘었다. 그 기간 동안 좋은 일이 뭐가 있냐고 콕 집어 물어본다면, 늦둥이 막내 아들이 태어난 것 정도라고 말할 수 있겠다. 그만큼 사업하는 10년 동안 편안하게 잠자리에 들 수 있었던 순간이 거의 없었다는 뜻이다.

그런데도 솔직히 말하자면 나는 사업하게 된 것을 결코 후회하지 않는다. 고난의 시간이 매우 길었지만 아이러니하게도 전 세계에 불어 닥친 코로나19 전염병 사태가 내 사업에는 너무나도 큰 기회가 됐기 때문이다. 2020년 회사의 매출은 그 전년도에 비해 4배 넘게 올랐고 성장률은 500% 상승했다. 2021년과 현재도 가파른 성장을 하고 있다.

코로나19가 우리 회사에 도움이 되었던 이유는 간단하다. 우리 회사에서 만드는 주력 제품인 '스마트 팔레트'가 비대면 상황의 중요성과 맞아 떨어졌다. 코로나로 외출이 힘든 상황에서 실내에서 할 수 있는 교육용 제품의 수요가 커졌고, 곧 정부 지원 정책과 맞물려 비대면 상황의 이익이 급상승했다. 게다가 우리 제품은 국내가 아닌 중국에서 생산하는데, 그동안 함께 일해온 중국 직원이 코로나19로 힘든 상황에서도 여러모로 잘 지탱해주었다. 제품 수요가 갑자기 폭발한 상황에서 제품을 급하게 대량 생산하고 원자재 수급에 적합한 공장도 수시로 섭외해야 했는데, 내가 직접 중국에 가지 못하더라도 그가 원격으로 정말 많은 일들을 대신 처리해주었다.

하지만 대부분의 사람은 코로나19로 인해 굉장히 많은 어려움을 겪었다. 그래서 이런 상황이 자칫 나만이 겪는 행운으로 보일 수도 있을 것이다. 그러나 나는 그것이 정말 큰 오해라고 말하고 싶다. 내가 이 시국에 큰 행운을 얻을 수 있었던 건, 지난 10년간 사업을 포기하지 않고 죽어라 버텼기 때문이다.

처음 사업을 시작하게 된 계기는 간단했다. 해외 투자자의 회사에서 일하다가 그만두려고 하자, 알고 있던 한 투자자가 직접 투자해 줄 테니 사업을 시작해보라고 제안했기 때문이다. 그러나 사업을 시작한 지 겨우 1년 반 만에 그 투자자는 갑자기 변심하여 투자를 철회했다. 그래서 나는 회사가 흑자를 내는 상황에서도 폐업을 해야만 했다.

두 번째 사업인 지금의 회사도 처음 창업하고 난 뒤 3년 동안은 단 한 푼도 벌어들이지 못했다. 매출이 나왔던 2019년도 직전까지 적자를 면하지 못했었다. 이에 직원들은 2, 3년에 한 번씩 크게 바뀌었고 회계를 포함한 모든 잡무는 당연히 대표인 내 몫이었다. 야근뿐만 아니라 주말에 일하는 것도 당연한 일이었다. 어쨌든 이건 내 사업이었으니까. 그 때문에 회사를 시작한 지 3년 정도 지났을 때는 불안장애를 겪게 되었고, 회사가 안정화된 지금까지도 그 증세를 완전히 극복하지는 못했다. 이렇듯 너무나도 힘들게 사업했지만, 결국 난 포기하지 않았다. 그 이유는 뭘까?

사실 답은 간단하다. 그냥 포기할 수 없었다. 물론 현재의 회사를 창업하고 4, 5년 차가 되었을 때는 매번 아내에게 사업을 그만두고 싶다고 토로했다. 하지만 신기하게도 그럴 때마다 내게 새로운 기회가 생겨서 어찌어찌 다시 일어설 수 있게 되었다.

솔직히 말하자면 현재 내가 하는 이 회사는 전 회사에 투자하려 했던 그 투자자에 대한 반감과 근거 없는 자신감으로 시작했다. 그런 시답잖은 동기로 창업을 다시 했음에도, 사업 초기에는 큰 문제가 없었다. 삼성전자의 자회사인 삼성벤처투자로부터 7억 원의 투자를 받았고, 사업 아이템인 '스마트 팔레트'로 문화체육부 장관상과 대통령상까지도 받았으니 말이다.

하지만 그러한 면모는 사실 외부에서만 보이는 모습이었고, 실제로 제품을 시장에 내놓아 돈을 번다는 것은 또 다른 일이었다. 나는 컴퓨터공학을 전공해서 소프트웨어 개발에 대해서는 잘 알았지만, 하드웨어 제품을 개발하기 위한 금형과 전자에 대해서는 거의 아는 게 없었다. 그러다 보니 개발 과정에서 수많은 어려움을 겪었고 예상했던 제품 출시 일정보다 한참이 지난 뒤에야 스마트 팔레트를 시장에 내놓을 수 있었다. 하지만 우여곡절 끝에 낸 그 제품조차도 초기 시장 반응은 싸늘하기만 했다.

이후로 계속해서 어렵게 회사를 운영하다가 창업을 시작한 지 3년이 조금 넘은 시점에 첫 번째 기회가 왔다. 어떤 유튜버를 통해 우연히 스마트 팔레트가 홍보된 것이다. 그 덕분에 제품이 조금씩 팔리면서 극한의 위기에 놓여있던 회사가 조금이나마 살아날 수 있었다. 물론 이때도 나 자신이 직접 제품을 배송하고 고객 응대를 하며 말 그대로 그저 버티던 생활을 하던 때였다.

그러던 어느 날 저녁, 야근하는 도중 사무실에서 따르릉 전화벨 소리가 울렸다. 이 시간이면 고객 전화이겠구나 싶어 나는 무심코 수화기를 집어 들었다. 흔히 그 시간대에 전화하는 고객들은 제품 배송이나 사용에 대해 문의하는 경우가 대다수였다.

"감사합니다. 주식회사 구니스입니다."

"안녕하세요, 거기가 '스마트 팔레트' 만드는 회사인가요?"

"예, 맞습니다. 혹시 무슨 일이시죠?"

"아, 그러면 그 스마트 팔레트 만드신 분하고 통화할 수 있을까요?"

"예, 제가 이 회사 대표이자 제품을 개발하고 만든 사람입니다. 무슨 일 때문에 그러시죠?"

사실 전화로 대표를 찾을 때는 일반적인 문의보다는 불만을 표시하는 경우가 많아서 나는 살짝 긴장한 채 답변을 했다. 그런데 이게 웬걸, 돌아오는 답변은 전혀 예상하지 못한 것이었다.

"아, 저희 애 아빠가 이 제품을 저희 아이에게 사다 줬는데, 너무 좋아서 감사 인사 하려고 연락 드렸어요."

갑작스러운 내용에 나는 어안이 벙벙했다.

"아, 예. 이렇게 전화 주셔서 감사합니다. 혹시나 사용하시다가 불편한 부분이 있으면 언제든지 연락해 주세요."

그렇게 전화를 끊은 나는 한동안 기분이 멍했다. 그리고는 혼자서 사무실에 앉아 마치 어린아이처럼 '엉엉' 소리 내며 하염없이 울었다.

웬만한 일에 눈물을 흘리지 않던 내가 그날만은 1시간이 넘도록 눈물을 흘렸다. 국내 대기업에 투자를 받고 대통령상을 받았을 때도 나오지 않던 눈물이었는데, 그때는 정말 형용할 수 없을 정도로 감정이 벅찼다.

그날 이후 많은 것이 변했다. 단순히 돈을 벌기 위해 사업하는 것이 아닌 진짜 사업을 해야 하는 이유를 찾은 것이다. 누군가에게 필요한 것을 만드는 일, 더 많은 사람과 함께 새로운 가치를 만들어가는 일, 이것이 내가 사업을 해야 하는 진정한 이유라는 것을 알게 되었다. 그렇다고 단순히 누군가에게 인정받고 싶어서는 아니다. 그날 받은 전화로 가장 먼저 나를 인정해 준 사람은 다른 누구도 아닌 바로 나 자신이었기 때문이다.

그동안 왜 계속 사업하면서 이러한 고난을 견뎌내야 하는지 나 자신에게 수없이 물어봤다. 수년간 제품을 만들고 여러 경험을 겪으면서 과연 내가 이렇게까지 고생해야 하나 수십 번 되뇌었다. 그리고 실제로 만족할 만한 답은 찾지 못했다.

하지만 그 전화 한 통이 나에게는 모든 이유가 된 셈이다. 필요한 누군가에게 정말 좋은 것을 줄 수만 있다면 앞으로도 더 좋은 제품을 만들 수 있지 않을까 하는 생각이다. 이렇게 내 제품을 사랑해주고 기뻐해 주는 누군가가 있다면, 그동안의 고생과 노력이 절대 의미 없지 않다는 것을 깨달았다.

다음으로 내가 위기를 극복할 수 있었던 이유는 바로 아내와 가족 덕분이다. 현재 나는 두 딸과 마흔 살에 낳은 막내아들이 있다. 늦둥이 아들은 내게 부담이 아니라 원동력이 되었고, 이러한 모든 것을 가능하게 한 것은 지금의 아내이다.

젊은 창업자 중, 기존에 직장을 다니다가 창업하면서 겪게 되는 금전적 어려움 때문에 사업을 접는 경우가 많다. 하지만 나의 경우, 사업이 여러모로 힘들었을 때 아내가 무던히 버텨주고 믿어주었다. 그 덕분에 나는 힘들어도 사업을 놓지 않을 수 있었고 아주 작은 성공이더라도 현재까지 올 수 있게 되었다.

이후 회사는 여러 번 우여곡절을 겪은 끝에 글을 쓰고 있는 지금 정말 많이 안정화 되었다. 현재는 차기 아이템을 준비하며 국내만이 아닌 해외 진출까지도 사업을 확장하려고 준비 중이다. 국내에서 중소기업을 운영한다는 것은 정말 어려운 일이다. 하지만 사업을 통해서 나 자신의 부족함과 한계가 무엇인지 알게 되고 어떠한 사람이 내게 필요하고 소중한 지도 알게 된다.

물론 사업하는 사장이나 대표는 언제나 고독하다. 하지만 사업이야말로 내가 시작한 것이고 온전히 내 의지로 이어나가고 있는, 오로지 나만의 인생이다. 만약 내가 이 나이에 다른 회사에 소속되어 있다면 현재 남이 시키는 일만 하며 살고 있을 것이다. 지금의 나는 사업을 통해 내가 원하는 것과 잘하는 것을 파악해서 온전히 내 것을 영위하고 있다.

위기는 한자로 危机이고 이를 뜻으로 풀이하면 다음과 같다.

위태할 위(危): 위험하다, 위태롭다
틀 기(机): 실마리, 계기, 기틀

좀 더 풀어서 설명하면 위(危)는 위험을 뜻하고, 기(机)는 기회를 뜻한다. 즉, 위험이 닥쳐도 또 다른 기회는 언제든 생긴다는 말이다.

사업하는 동안 나는 늘 위험에 휩싸여 있었다. 언제 사업이 망할지 몰라 두려워했고, 그 상태로 나이는 점점 들어가고 마땅한 대안은 가지고 있지 않았다. 게다가 한국에서 40대 중후반의 남자가 사업에 실패하거나 실직한 후에 할 수 있는 일은 매우 한정적이다. 사실 나이를 떠나서 우리나라에서 창업, 사업을 하다가 망하면 다시 일어설 수 있는 확률이 극히 적다. 조금 과장을 보태서 대리운전이나 배달 일을 제외하고는 곧바로 시작할 수 있는 일이 거의 없기 때문이다. 그만큼 사회적으로 제도적 장치가 미비해서 재기하기가 너무 어려운 환경이다. 그러나 10년 넘는 나의 사업 경험에 비추어 봤을 때, 고난과 역경 속에서도 어떻게든 기회를 찾을 수 있었다. 그러므로 힘들고 지치더라도 버텨라. 희망을 놓치지 않고 오래 버티다 보면 작든 크든 반드시 당신에게도 기회가 찾아 올 것이다.

프로필

- 서울 은평구 출생
- 숭실고등학교 졸업
- 중앙대학교 컴퓨터공학 학사
- 前 Lionbridge 테크놀로지 부서 BDD
- 現 (주)구니스 대표이사

잃어버린 나를 찾아

이 지 희

"지희야, 그런데 너 골수 이식 3번이나 했어? 한 번 한 것 아니야? "

둘째 언니의 뜻밖의 질문에 나는 순간적으로 아무런 생각이 안 나고, 나도 모르게 울컥 눈물이 쏟아져 나왔다.

처음에 나는 '어떻게 언니가 골수이식 한 사실을 모를 수 있지' 하는 서운함 때문이라고 생각했다. 하지만, 시간이 지날수록 그것은 내가 스스로를 알아차리지 못하고, 누구도 기댈 수 없었던 내 내면의 고독한 어린 아이의 눈물이었음을 알게 되었다.

시간이 많이 흘렀고, 큰 언니가 살아있어서, 집안에 다른 누가 아프지 않아서, 내가 하고 싶은 일을 하고 있어서, 내 마음도 괜찮은 줄 알았는데, 아직 괜찮지 않았던 것이다.

2010년 겨울 즈음, 첫째 언니가 백혈병 진단을 받게 되었다. 집안에 가족력이 없던 언니의 발병 소식은 너무 당황스럽고, 말할 수 없는 충격과 두려움 그 자체였다. 7살 차이나는 첫째 언니는 어린 시절부터 일처리가 빠르고 정확한데다가 사람들에게 경우와 예의가 발라 집안에서나 사회에서 인정을 받아왔다. 체력이 약하고 다소 느린 나에게 그런 언니는 대단하게만 느껴졌지만, 때로는 왠지 모르게 부담스럽기도 했다.

그런 언니가 백혈병이라니 누구도 믿을 수 없었지만, 1년 정도 교수님을 도와 프로젝트에 참여하면서 과도한 일과 육아를 병행하면서 얻게 된 결과였다. 막막하던 당시 언니는 항암 치료만으로도 치료가 가능하다는 소식을 들었고, 언니는 무사히 견뎌내 창백한 얼굴로 퇴원을 하였다. 너무 낯설고 가슴이 아팠지만, 언니는 씩씩하게 잘 살아냈다.

하지만, 1년쯤 지나 언니의 재발 소식을 듣게 되었다. 재발시에는 골수 이식을 해야 하는데, 가족 중에 골수가 일치할 경우는 대략 25%이고, 외부인과 일치할 경우는 0.0001%로 매우 희박했다. 검사 결과, 가족 중에 셋째인 나와 골수가 일치하게 되었다. 가족 모두 하늘의 도우심이 있을 것이라는 뜻과 소망을 가지면서도 약한 내가 해야 한다는 것에 걱정과 미안함을 갖기도 했다. 그래도 언니가 내 골수로 완치만 될 수 있다면, 너무나 행복할 것 같아 내 일과 가정을 제쳐 두고 달려가서 했다.

골수 이식 절차는 이식 전날 입원하여 건강검진을 받고, 골수 이식 당일 날 헌혈하는 방식으로 팔에 주사를 꼽아 진행하는데, 헌혈과 달리 팔에 주사를 꼽아 채취한 혈액에서 조혈모세포만을 걸러서 남은 혈액을 다시 팔에 주입하는 방식이었다. 환자에게 주입할 적당량은 약 1000-1500ml 정도로, 채취한 당일 바로 무균실에 있는 환자에게 주입하면 끝이 난다. 그리고 기증자는 이상이 없으면 다음날 퇴원하게 된다.

해보지 않은 것이라 두렵기도 했지만, 한 생명을 살리는 일에 기여할 수 있는 일은 상당히 뿌듯한 경험이었다. 초등학교 시절 봄-가을로 한약을 먹던 비실이가, 헌혈도 무서워서 못하던 내가 이런 큰일을 하다니 스스로도 대견하고 놀라웠다. 모든 이식 절차는 성공적으로 마쳐졌고, 언니는 무사히 퇴원하였다. 이런 큰일을 경험하면서 이 전에 힘들고 버겁던 일상이 참 소중하고 감사하게 되었다.

당시에 친정아버지는 소뇌위축증 진단을 받아 다소 힘든 시간이었는데, 그나마 언니가 골수 이식으로 살아날 수 있다는 것에 큰 위로와 기쁨이 되었다. 그 때 까지만 해도 우리 집에는 환자가 두 명이나 있었지만, 그렇게 힘들지는 않았다. 이대로 끝나게 하지 않을 것을 알기에 누군가에게는 부끄럽고 피하고 싶은 고난일 수 있으나 슬퍼 눈물을 보이기는커녕 소망 중에 서로 웃음을 잃지 않고 잘 살아냈다.

1년 정도 지났을까? 골수가 내 것으로 되어야 하는데, 여전히 언니의 것이 남아 있어서 완치 판정이 안 되었고, 언니는 검진 때가 다가오면 긴장을 많이 해서 설사를 하거나 열이 나기도 했다. 그러던 어느 날 언니가 또 다시 재발하여 병원에 입원하게 되었다. 언니의 입원 소식은 그 전과는 또 다른 충격이었다. 골수 이식이 성공적으로 이루어지면 완치가 될 줄 알았는데, 치료해도 또 재발할 수 있고, 그러면 언니는 얼마나 살 수 있을까, 병원에서 과연 살릴 수 있을까라는 생각으로 가족 모두의 마음이 무너져 내려앉았다. 병원에서는 또 다시 동생에게 골수 기증을 받아야 한다고 했는데, 남편은 언제까지 당신이 해줘야 하냐며 말렸다. 나도 처음과 달리 또 하고 싶지는 않았다. 하지만, 마침 내가 다니던 대학원도 종강을 해서 시간적으로 여유가 있던 상황이었고, 내가 아니면 안 되는 상황에서 결정을 내려야만 했다. 병으로 힘들게 고통받는 언니와 아내와 딸을 살리기 위해 애쓰고 계신 형부와 친정 어머니를 생각하면 내가 하는 고민을 겉으로 드러낼 수 없는 상황이었다.

나는 내게 주어진 상황을 받아들이고 두 번째 이식을 하게 되었다. 언니는 2차 항암을 이겨내서 이식절차를 잘 마쳤다. 그런데, 또 다시 1년이 지나지 않아 재발을 하여 3차 이식을 해야 했다.

2차 이식 후 언니가 얼마나 살지에 대해 모르는 불안 속에 가족들은 언니에게 신경을 곤두세우며 살았다. 왜냐하면, 언니와 같은 시기에 발병한 환자들 중 한 명만 완치를 받고, 거의 대부분은 죽었다고 했기 때문이다. 그런데, 또 다시 3차 이식을 해야 한다는 것은 언니가 이제 정말 얼마 살지 못할 수도 있을 것이라는 생각과 더불어 병원의 '과학적' 치료법이 사람을 살릴 수 없다는 것을 알았다. 우리 가족들은 골수이식을 하지 말고 다른 방법을 찾고 싶었다.

그렇지만, 병원 치료를 계속 받아온 상황에서 환자는 병원의 말을 따를 수밖에 없었다. 나도 원치 않았지만, 골수가 일치하는 내가 멀쩡히 살아있는데 한 번 더 안 해서 언니와 언니네 가정이 겪을 슬픔과 아픔을 보고 싶지는 않았다. 정말 고통스러운 시간이었다. 기도를 해도 신은 어떠한 감동도 말씀도 없었다. 내가 초래하지 않은, 전혀 뜻하지 않은 이 고난의 시간을 언제까지 감당해야 할 것인지 마음이 무거웠다. 언니는 나의 골수를 또 받는 것을 부담스러워 했지만, 물리적으로 대안이 없었다. 3차 이식을 하고 나서는 나도 나의 한계를 인정하고, 마지막이라고 생각하고 힘을 다했다.

이식 당일 병원 자료를 통해 최근 5년 안에 동일인이 두 차례 기증을 하는 경우는 한- 두 건 정도로 드물었고, 세 차례 기증은 아예 기록을 찾아볼 수 없었다. 지금은 당시에 내가 스스로를 왜 그렇게 몰아갔나 싶지만, 당시로서는 내가 할 수 있는 최선의 도리를 다해야 한다는 생각뿐이었다.

3차 기증 후 내 몸 상태는 전과 같지 않았다. 병원의 검사 상으로는 정상이었지만, 연이은 이식으로 인한 심리적, 물리적 한계에 이른 것인지 심장의 두근거림과 손발 저림이 있어서 바로 일어설 수가 없었다. 이 날 이식 현장을 함께 하신 어머니는 내 얼굴을 보고, 딸 하나 더 잃을까 봐 도저히 옆에 지켜볼 수조차 없을 정도라며, "지희야, 너라도 살아야지….. 이제 그만해라"라고 하셨다.

그렇게 해서 나는 골수 이식을 3번이나 하게 된 것이다.

이러한 시기와 맞물려 아버지도 병이 악화가 되면서 식사 중에 갑자기 음식물이 기도에 막혀 응급실에 실려 가시게 되었다. 기도가 막히면 뇌에 산소 공급이 안 돼서 사망하는데, 아버지는 신기하게도 시간이 지남에 따라 호흡이 돌아왔고, 호흡기를 달고 집으로 퇴원을 할 수 있을 정도가 되었다. 그렇게 시간이 지나고, 내 마음을 내려놓을 때 즈음에 아버지가 눈을 감으셨다. 더 해드리지 못한 후회도 남지만, 내가 할 수 있는 것에 진심과 최선을 다하고, 아버지의 마지막을 지켜드릴 수 있어서 감사했다.

이러한 일련의 과정이 한꺼번에 몰아쳤음에도 끝까지 버틸 수 있었던 것은 신앙의 힘이었다. 신이 도우실 것이라는 믿음과 소망이 있었고, 힘든 시기에 때때로 도우심을 경험했기 때문이다. 내가 할 수 없는 것에 대한 신의 도우심을 의지했지만, 중환자들 속에서 내 마음을 스스로는 알아차리지 못하고 잠재된 긴장과 불안을 버텨내야 했다.

시간이 많이 지나서 나는 겉으로 보기에는 스스로 안도할 만한 정돈된 인생이라고 여겨질 수 있지만, 여전히 내 내면에는 해결되지 않은, 알아차려주지 못한 내 자아가 있어서 였을까? 둘째 언니의 말에 그동안 고독한 긴 터널 속에 머물러 있던 내면의 자아가 울음을 터트렸던 것이다. 너무나 마음이 여리고 울음이 많은 내가 그 힘든 고난의 시간 동안 안테나를 바깥으로만 세우고 버텨내면서, 나를 깊이 들여다볼 수 없었던 것이다.

이런 나를 인식하고 찾게 해준 것이 강시원 선생님과 엄책선(엄마들의 책 선물) 모임이었다. 딱딱하고 다소 지루한 전공 서적 외에 고전을 읽고 싶은 마음은 늘 있었으나 책을 고르는 일이나 혼자 별도의 시간을 쪼개서 하기는 쉽지 않던 차에 참 좋은 기회였다. 2022년 5월, 처음으로 내가 참여한 책은 안지영 작가의 '책만 보는 바보'였다. 책을 읽으며 자신이 감동받은 부분을 정리해서 밴드에 올리는 것인데 나에게는 큰 위로와 울림이 되었다.

그런데 이번 10월에는 '아티스트 웨이'라는 책인데 매주 줌(Zoom) 모임을 갖는다고 해서 다소 거부감이 있었다. 아트, 예술은 나와 거리가 있는 것 같고, 시간을 쪼개서 살아가는 나에게 모임과 과제가 또 하나의 부담이 되었다.

하지만, 예상과 달리, 책과 모임은 잃어버린 나를 찾고 세워주는 귀한 선물이었다. 한 주 한 주 모임을 하면서, 책의 내용과 함께 서로의 진솔한 이야기와 추억들, 감정들, 상처들을 끄집어내면서 그동안 내 안에 나를 다양한 사회적 규범의 잣대로 가두고 묶어 두었던 기준들이 풀어지고 해체되었다. 이런 과정을 통해 내가 누구였고, 스스로의 가치를 바로 세워갈 수 있게 해 주었다.

이 뿐 아니라 동시대를 살아가는 모두에게 알아차려주지 못한 자아가 있음을 알게 되고, 관계 속에서 스스로 자아를 인식하고, 서로를 인정해주면서 내면의 회복과 관계의 풍성함을 경험할 수 있었다.

10월부터 12월까지 3개월 동안 매주 2시간씩 함께한 좋은 사람들과의 인연 덕분에 아마 세월이 한참 지나서 만날 수 있었을 '잃어버린 나'를 더듬어 찾고 만나게 되어 참 감사하다. 사실 이번 모임이 아니었으면, 불안하고 힘들었던 내게 '넌 잘 하고 있어', '넌 소중해', '넌 근사하고 멋져' 라고 스스로 격려하지 못한 채 의무감에 쫓겨 힘들게 살았을 것이다. 티 내지 않으면서, 진심을 담아 함께 들어주고, 울어주고 웃어주고, 이끌어준 엄책선 선생님들께 너무 감사하다.

코로나-19(Covid-19)로 불안하고 정체된 고통의 시간과 더불어 빠르게 다가오는 미래 세계의 변화 속에서 지금, 여기, 내가 숨 쉬고 꿈꾸며 살아갈 수 있게 해준 신비한 경험이다. 존재만으로도 소중한 '사람'이 호흡하고 살아가기 위해서는 자신의 진심을 알아차려주는 또 다른 '사람'이 필요하다. 그런 '사람들'과의 만남으로 더 많은 사람들이 함께 호흡하고 꿈꾸고 살아갈 수 있는 세상이 되기를 바란다.

프로필

- 현, 경기대학교 인문대학 러시아어 강사
- 현, 통합교육비전공동체 러시아언어문화 연구 및 강의 담당
- 연세대학교 노어노문학과 문학박사 (언어학)
- 소논문: 러시아어 연어의 구성과 구조(2020), 러시아어와 한국어 자세동사의 대조 연구(2020)
- 외국인교회 러시아어 봉사(2002~2014)

58세, '꿈이 뭐예요?'라고 물어도 좋을 나이

임 은 정

아무도 내게 '꿈이 뭐냐?'고 묻지 않는다. 어쩌다 한두 번 받는 질문은 '어떻게 살 것인가?' 정도다. 꿈이 뭐냐는 질문과 무엇이 다르냐고 되물을 수 있겠지만 엄연히 다른 의미이다.

후자가 삶의 가치관이나 태도를 묻는 거라면 전자는 실현가능성이 보장되지 않더라도 하고 싶고, 되고 싶은 것이기 때문이다.

꿈이 뭐냐는 질문을 받아본지 오래된 이유를 생각해 보았다. 아마도 가장 큰 이유는 '꿈을 묻기에 내 나이가 적지 않기 때문'이 아닐까 싶다.

내게도 꿈으로 넘쳐나는 시간이 있었다. 10대에 가수를 꿈꾸기도 했고, 선생님이 되고 싶었고, 발로 뛰는 기자가 워너비이기도 했다. 어릴 적 외할머니 허리춤에 매달린 곳간열쇠를 보면서는 그걸 거머쥔 맏며느리를 꿈꾼 적도 있다. 한마디로 현모양처랄까.

곳간 열쇠를 쥔 현모양처. (자타공인 현모양처라 생각한다)

기자 (월급 받던 직장생활의 80% 는 기자로 살았다)

선생님 (교생실습 후 학교 현장으로 가지는 않았지만 지금까지 선생님이라 불린다)

가수 (노래하기를 좋아하고 기회가 되면 꼭 하고 싶다)

가수라는 꿈을 제외하고는 어느 정도 이루며 살 수 있었다.

이렇게 되고 싶고 하고 싶은 것을 꿈꾸던 내 꿈의 노선이 변경된 건 결혼과 출산, 육아 등 가정을 이루면서부터다. 나보다는 우리가 먼저였고, 막연히 되고 싶은 것보다는 당장 가능한 걸 먼저 했고, 하고 싶은 것 보다 해야만 하는 것이 우선이었다. 아이들을 키우면서는 그들의 스케줄에 맞춰 나의 일상이 돌아갔고, 그 아이들이 마치 내 꿈인 것처럼 여기며 참 열심히 살았다.

신기한 건 3.40대 나는 힘든지도 지친 줄도 모르고 살았다는 것이다. 풍성한 머리숱을 잃고, 체중이 늘고, 모습이 변한 것을 눈치 채고서야 몸도 마음도 피곤했다는 걸 아주 나중에서야 알았으니까 말이다.

아이들이 내 꿈이라고 생각했던 시절, 오히려 나는 행복했다. 내 꿈은 멈춰있었던 것이 아니었기 때문이다. 철저한 계획 하에 나는 꿈꾸고 있었던 거다. 아이들과의 시간을 위해서 매일 출근하던 직장을 그만두고 나는 아이들 성장에 맞춰 변신하면서 살았다. 아이들이 학교에서 지내는 시간동안 나도 끊임없이 공부를 하러 다녔다. 한글선생님이 되었고, 공부방 교사도 됐으며, 남산 도서관을 오가며 독서 지도사 자격도 얻었고, 청소년 리더십 코칭도 배웠고, 12년째 집단 상담을 통해 많은 아이들을 만나고 있다. 또한 수많은 입시설명회를 들으며 진로 진학 컨설팅에 전문가가 되기도 했다. 아이들을 잘 키우기 위해 배우고 경험한 많은 것들은 나만의 노하우가 되었고 그것을 나누면서 강사로, 선생님으로 불리게 되는 기회를 얻을 수 있었다. 멈춤의 시간이 아니라 다른 꿈을 꾸었던 시간들과 아이들이 잘 커준 덕분에 나의 경험과 노하우는 나눌만한 가치가 있었고, 그 덕분에 안정적인 50대를 맞이할 수 있었다.

이처럼 끊임없이 꿈꾸는 내가 나는 참 좋다. 우연한 기회에 문집에 참여하게 되면서 작가라는 큰 꿈에 한발 내딛은 것도 스스로 대견해 하는 중이다. 그래서인지 두 번째 참여 권유에도 단 1초의 망설임도 없었다. 무슨 이야기를 써볼까 메모 노트들 뒤지다 50대를 맞으면서 '아이들에게 고함' 이라고 쓴 이것이 눈에 띄었다.

딸, 아들아!

니들 아니? 내 꿈은 너희들이었어.

맛있는 거 먹이고 입히고 스케줄 관리까지 난 너희들 매니저로 살기를 마다하지 않았지. 참 행복하고 즐거웠어.

그런데 한해 한해 치열하게 살다보니 나는 없고 엄마, 아내만 남았더라. 그 세월이 허무하거나 싫다는 게 아니야. 해바라기하기엔 니들이 훌쩍 커버렸고, 좋아하는 거, 잘하는 거, 갖고 싶은 거 있냐는 질문을 받을 때 '뭐, 별로~ '라고 대답하는 내가 답답했지.

그래서 나 이제 다시 내 꿈을 꾸려고.

'이의 없지? 없어야 해.'

일찍 나가는 일이 많아져 밥 굶기는 일이 잦아지더라도 '꿈꾸는 쉰한 살 엄마 임은정'을 지지하기 바란다. 그리고 언제든 질문해라. 꿈이 뭐냐고? 일초 만에 대답해줄테니.(2016년 5월 20일)

망설임 없이 대답한다. 코칭을 배우면서 자격증을 갖게 되었으니 앞으로는 좋은 코치가 되려고 한다고. 코치로서의 삶은 나의 꿈과 일을 좀 더 풍성하게 해줄 것이라 기대 된다.

역시 나는 꿈쟁이다. 꿈 많던 소녀에서 여전히 꿈꾸는 중년을 살고 있기에 앞으로 많은 사람들에게 '꿈이 뭐예요? '라는 질문을 받고 싶다.

58세. 그 질문을 받기에 충분히 어울리는 나이다.

"저기요. 당신은 꿈이 뭐예요?"

프로필

- 진로진학 전문 강사.
- 집단상담, 심성수련을 통해 청소년들의 자존감키우기.
- 자녀와 동반성장을 꿈꾸는 학부모들을 위한 교육공동체
- 엄마의책선물 성북대표
- 꿈과 인성을 키우는 드림코칭

空(공)

장 소 영

존재하기는 하나 보이지는 않고
보이기는 하나 존재하지 않는다.
소리는 들리나 실체가 없고
실체는 있으나 잡을 수 없다.
보이지도 않고 존재하지도
않는다는 것을 알아차리는 순간,
비로소 세상을 바로보다.
空을 깨닫다.

自性善(자성선)

노을 진 가을 하늘 아래
붉게 피어난 이 마음 무엇인가.
탐하지 아니하고
화내지 아니하며
어리석은 마음을 거둔다.
모든 걸 내려놓은 순간,
청정한 마음을 얻게 되다.
비로소 '善'을 마주 하다.

無色界(무색계)

눈 앞에 펼쳐진 아름다운 형상들이
손에 잡힐 듯하여, 손을 길게 뻗어보았으나
두 손 가득 쥐어진 건, 존재하지 않았다는 깨달음
모든 것은 이루어지는 순간 그 끝이 없으니
있다 한들 없음이고, 없다 한들 있음이오.

프로필

- 페이스갤러리 대표
- 한국컬러유니버설디자인협회 이사
- 라이센스 뉴스 칼럼니스트
- 국립박물관문화재단 박물관 미술관 주간 홍보대사
- 한국문화예술위원회(ARKO) 예술나무운동 홍보대사
- 아프리카아시아난민교육후원회 ADRF 홍보대사

나에 대해서 뭐라고 썼니?

정 대 용

친구로부터 전화가 걸려왔다.

"나야, 잘 지내고 있지?"

"응, 너도 무탈하지? 코로나19 걸리지 마."

"나는 백신 부스터 샷까지 접종해서 괜찮아, 너는?"

"나도 3차 백신 접종했어. 다른 친구들은 어떤지 궁금한데!"

친구들과 통화하다보면 이러한 내용이 주로 오고간다. 코로나19 팬데믹과 오미크론 변이가 하루빨리 종식되기를 간절히 바란다.

그런데 이 친구는 전화를 걸어온 이유가 따로 있었다. 나의 일기장이 국가기록원에 등재되어 있다는 소문을 듣고 궁금한 것이 있어서 전화를 했다. 내가 아는 지인 분들을 만나면 공통적으로 물어보는 내용이기도하다.

"친구 일기장이 정말로 국가기록원에 국가 기록물로 등재된 거니?"

질문과 함께 곧바로 다음과 같은 말을 이어갔다.

"일기장에 나에 대한 이야기도 있겠지, 나에 대해서 뭐라고 썼니?"

나의 일기장에 기록된 친구 본인에 대한 기록이 알고 싶어서였다.

"좋은 추억만 기록되어 있어."

자연스럽게 궁금증을 해소 시켜주었다.이 말을 들은 친구는 무척 좋아 했다.

국가기록원에 등재된 나의 기록물은 36년 동안 작성한 일기장 62권을 포함하여, 병영생활 이야기 11권, 아내와 주고받았던 편지 등 총 1백99점이 보관되어 있다. 대한민국 한 사람으로서 살아온 평범한 일상의 내용이 기록되어있다.

지금 당장 나의 기록물이 공개 되는 것은 바라지 않는다.

왜냐하면, 상대방 얼굴을 보면서 말로 이야기하기가 곤란한 내용도 일기장에는 기록으로 남겼다. 내가 누구를 판단하고 평가하려는 것은 아니다. 내 하루의 삶속에서 느끼고 생각했던 내용을 진솔하게 써내려 가면서 성찰의 시간도 가졌다. 만약 일기장이 공개된다면 나의 진솔함이 상대방에게는 불쾌감을 줄 수도 있다.

그래서, 학술적 연구 및 특별한 상황이 있을 때만 열람하는 것으로 협조를 해 놓은 상태이다.

일기를 쓰는 목적은 뭘까?

일기는 본래 평범한 삶의 기록이다.

"매일 되풀이 되는 이런 평범한 일상을 판에 박은 듯 매일 기록하는 것은 한심한 행동이고 시간 낭비다."

이렇게 생각하는 사람들도 있다.

하지만, 매일 일어나는 사소한 사건이야말로 기록으로 남겨야 할 충분한 가치가 있다.

정말로 중요한 것은 멋진 문장력이 아니라 사실에 대한 구체적인 기록이다. 일기를 쓸 때 평범한 내용이라는 이유에서 생략해 버리거나 기록하지 않으면 영원히 기억해 낼 수도 없게 된다. 내일을 위해 현재를 기록하는 것이다.

우리 모두는 바쁜 현대 사회를 숨가쁘게 하루 하루를 살아가고 있다. 바쁠 때일수록 일기를 써야 한다. 나를 잃어버리지 않기 위해서다. 일기를 쓴다는 것은 나의 인생 길에서 내 스스로 격려도 해주고, 때로는 질타도 한다. 내 삶의 기쁨과 고통을 나누어 가질 수 있는 동반자이다.

일기쓰기에 대해 이런 이야기를 자주 듣는다.

“일기는 생각나는 대로, 느낀 대로 쓰면 된다.”

수긍이 가는 말이기도 하다.

이러한 말이 오고갈 때 면 한 마디 거든다.

“매일 매일 일기쓰기를 하다보면, 자연스럽게 나 자신을 되돌아보게 됩니다. 나 자신을 성찰할 수 있는 기회이기도 하지요. 무엇보다 앞으로 어떻게 살아가야할지 이정표가 되어 줍니다.”

과거에 얽매이지 않으면서, 현재를 되돌아보고, 미래를 살아갈 힘을 얻는 것이 일기쓰기다.

나는 아무 것도 이룬 것이 없다는 비관적 사고방식에 쌓여 있는 사람도 그 동안 작성한 나의 일기를 읽고 과거를 되돌아보면 내가 지나온 인생길이 얼마나 긴 여정 이었고, 소중한 시간 이었는지 깨닫고 자신감을 되찾을 수 있다.

일기쓰기는 나와의 대화, 교제의 시간이다.

“귀찮아서 쓰지 않는다.”라는 말은 잠시 내려놓고, 나를 기록으로 남겨보는 시간을 가져보자.

아주 평범하게 여길 나의 삶을 기록으로 남긴다면 이것이 바로 나의 역사이고 국가의 기록물이 된다.

“나의 기록이 역사가 된다.”

프로필

- 인생기록연구소 (소장)
- 36년간 기록한 62권의 일기장과 각종 기록물 등 199점 대한민국 국가기록물로 등재(2016년)
- "기록하는 인간" 등 저자

남 다른 길을 걷고 실패를 즐길 용기

정 미 숙

사람마다 누구나 재능을 가지고 태어난다고 한다. 100세 이상을 산다고 해도 긴 시간은 아니다. 한평생을 살면서 나의 재능을 찾고 그 재능을 발현해서 누군가에게 선한 영향력을 준다는 것은 의미있는 일이다. 이런 의미가 내 삶에 활력을 불어넣는다. 나는 어려서부터 큰 꿈이 없었다. 바쁜 부모님을 대신하여 소풍 때 내가 김밥을 싸면 잘 먹어주는 동생들이 있었다. 그래서 나는 그때 분식집 사장님이 되고 싶었다. 또, 학교를 마치고 집에 오는 길에 피아노 학원에서 들려오는 피아노 소리가 너무 좋았다. 한참을 그 앞에 쪼그려 앉아 피아노 소리와 아이들의 목소리를 들었다. 나도 피아노를 배우고 싶었다. 하지만, 부모님의 경제적인 이유와 피아노를 배워서 뭐하겠느냐 공부를 열심히 해서 좋은 대학을 가는 게 최고라는 아빠의 고집으로 눈물만 훔쳤다. 그러다가 엄마의 비상금으로 피아노 학원을 등록해줬다. 그것도 딱 6개월만 다닐 수 있었다. 그땐 피아노 선생님이 되고 싶었다.

그리고 내가 대학을 다닐 때 자취생활을 했다. 부모님은 그냥 집에서 다닐 수 있는 곳으로 진학하기를 바랐다. 하지만 나는 내가 학비를 벌고 용돈을 벌어서라도 내가 가고 싶은 대학으로 진학하고 싶었다. 그 말에 책임을 지기 위해 대학입학 전부터 아르바이트를 시작했다. 편의점, 호프집, 커피숍, 레스토랑, 피씨방, 과외 등 할 수 있는 아르바이트는 다 해봤다. 친구들이 놀러갈 때도 나는 일을 해야 했다. 그래도 내 통장에 조금씩 모이는 재산이 뿌듯했다. 그 당시 한 달을 꼬박 일을 하고 받는 급여가 30만원을 조금 넘겼다.

어느 날 한 선배가 학원 강사 일을 소개해줬다. 주5일만 가고 주말도 생겼다. 월급도 내 생애 최고의 월급 80만원을 받았다. 그러면서 과외까지 하니 수입이 팍팍 늘어났다. 사실 처음엔 돈을 벌기 위해 시작한 일이었다. 그런데 어느 순간부터 돈보다 아이들이 보이기 시작했다. 보충수당이 없어도 아이들을 위해 주말을 헌신하고 내 용돈을 털어 맛있는 음식을 사주면서까지 공부하자고 설득했다. 대형학원이라 베테랑 강사가 많았다. 나에게는 최하위권 아이들의 수업이 주어졌다. 공부에 흥미도 없고 기초는 더더욱 없는 아이들이었다.

주말마다 내 시간을 빼서 아이들을 만나는 것이 어느 순간부터 일상이 되었다. 아이들도 나 같은 선생님을 만나보지 못했기에 주말에 나오는 것이 점점 자연스러워졌다. 성적은 급상승을 했다. 학부모님들에게 전화가 걸려오기 시작했다. 우리아이 성적이 기적처럼 올랐다. 감사하다는 이야기와 우리아이 담임 선생님이 어떤 분이냐는 질문들이었다. 원장님이 나를 불러 더 많은 강의를 열어 주셨다. 그때부터 나는 교육의 길에 첫 발을 내딛고 나의 꿈을 본격적으로 키워나가기 시작했다.

친구들은 모두 임용을 보고 학교로 들어갔다. 그 당시 친구들이 나중에 후회하니깐 너도 임용을 보고 학교로 가자고 했다. 그런데 나는 확신이 있었다. 내가 만들어가는 나만의 교육이 더 흥미롭고 가치가 있다는 생각이 들었다. 단 한 번도 학교로 가지 않은 것을 후회해본 적이 없다.

그렇게 졸업을 하자마자 나는 원룸을 얻어 공부방을 시작했다. 1년도 안되어 학생들의 수가 많이 늘어 32평 아파트 전세를 얻었다. 또 1년도 안되어 공부방으로는 안 되겠다는 생각으로 70평 통상가를 얻어 본격적인 학원 운영을 시작하게 되었다. 가르치는 것은 그 누구보다 자신이 있었다.

하지만 가르치는 것과 운영자의 입장은 달랐다. 또한 아이들만 대하는 것이 아니고 학부모와의 소통도 낯설었다. 20대 중반밖에 되지 않은 아가씨 원장 선생님이라는 타이틀이 강사들 사이에서도 가끔 질투를 받았다. 내 나이를 알고 나서 어떤 선생님은 자존심이 상한다며 학원을 갑자기 그만두기도 했다. 다른 동료 교사에게 나중에 듣게 된 사연이다.

고등학생 중 학업에는 관심이 없지만 부모님의 강요로 학원을 온 아이들이 몇 있었다. 학원의 분위기가 그 아이들을 중심으로 흐려지기 시작했다. 고민 끝에 7명을 그만두게 했다. 그 반에는 단 3명이 남는 상황이었지만 공부하고자 하는 아이들에게 방해를 하는 그 무리를 그냥 보고 있을 수는 없었다.

그 뒤 어머니 2분이 찾아오셨다.

"니가 뭔데 우리 아들을 짜르냐? 돈을 주면 그냥 공부나 가르칠 것이지."

"어디 새파랗게 젊은 *이 재수 없게 구냐?"

내 생애 들었던 최악의 욕설이었다. 그 앞에서는 담담한 척 대응했지만 퇴근 후 새벽까지 펑펑 울며 내 일을 처음으로 포기하고 싶었다.

당시 내 남편은 대학생이었고 취업을 준비하고 있었다. 내가 이렇게 힘들어 하는 것을 마음에 걸려했다. 나를 도와주러 시간이 날 때마다 와줬다. 말썽쟁이 남학생들을 카리스마로 눌러주기도 하고 힘든 학부모님들 대응을 대신 해 주기도 했다. 시부모님들은 취업 준비를 해야 하는 아들이 아직 어떻게 될지 모르는 여자 친구의 일을 도와주는 것을 못마땅해 하셨다. 나에게도 준비하는 취업에 성공해야 결혼을 시켜줄 거라고 하셨다.

그렇지만 남편은 부모님의 말씀을 져버리고 원룸을 얻어 내 옆에서 나를 적극적으로 돕기 시작했다. 우여곡절 끝에 결혼에 성공하였다. 결혼을 하고 2달도 안되어 자궁내막증 4기 진단을 받았다. 불임을 유발하는 병이었다. 아기를 천천히 가질 거라고 생각했는데 막상 내가 임신을 못할 수도 있다는 생각이 드니깐 그 순간부터 아기 생각뿐이었다. 수술을 받고 회복이 되기도 전에 매달 병원을 다니며 배란 유도주사를 맞으며 노력했다. 하지만 나에게 아기는 없었다. 길을 지나가는 아기들만 봐도 눈물이 났다. 의사 선생님께서 인공수정을 권유하셨다. 남편이 반대했다. 아기 없이 우리 둘만 잘 살면 된다고 했다. 양가 부모님들이 첫 손주를 너무 원한다는 것을 아는 나로서는 남편이 무심했다. 설득 끝에 인공수정을 하기로 했다.

인공수정을 위해 진료를 보러 간 날 대기실 앞에서 남편이 또 말을 번복했다. 도저히 나는 못하겠다고....화가 났다. 그 길로 집으로 돌아와 모든 마음을 비웠다. 평소 맥주 한 잔 하는 것도 혹시 임신이 되었을까 하는 생각에 하지 못했다. 그런데 마음을 비우고 나니 생활이 달라졌다. 그냥 하고 싶은 것, 먹고 싶은 것을 편하게 먹었다. 그렇게 지낸지 두 달 만에 기적적으로 자연 임신이 되었다. 바로 하나밖에 없는 딸을 만나게 된 순간이었다. 내 인생 최고의 순간이었다.

출산을 하고 그토록 남편 사랑이 컸던 내가 변하기 시작했다. 남편에 대한 사랑이 딸에게 그대로 옮겨졌다. 남편은 많이 서운해 했다. 서운함이 불만으로 싹트기도 했다.

딸을 만나면서 나의 교육관도 변화되었다. 학생들의 성적을 올려주는 것이 학생들을 위한 것인지 의문스러웠다. 성적이 오른 학생들의 삶이 더 나아지는 것일까? 아니면 성적이 좋은 학생들이 모여 있는 학원이 잘 되는 것일까? 어느 순간 나의 상담법이 변화되는 것을 내가 알아차렸다.

"수학 성적이 지금 중요한 게 아닙니다. 독서부터 시작하는 것이 좋습니다."는 식의 멘트를 하며 수강등록을 할 수 있는 아이들을 돌려보내기 시작했다. 그것을 계기로 15년간 운영했던 입시학원을 그만두게 되었다.

나처럼 천직을 만나 삶을 사는 사람이 있을까? 할 정도로 나는 내 일을 사랑한다. 나의 노력으로 아이들의 삶을 변화 시킬 수 있다는 것이 매력적이다. 또한 이렇게 변화하고 성장하는 아이들을 보며 내가 살아 있는 것을 느낀다. 죽기 전에도 병상에 누워서도 아이들을 생각하는 내 모습을 상상해보기도 한다. 그런 내 모습을 나 스스로 자랑스럽게 여긴다.

아이들이 있어 현재의 내가 존재한다. 급변하는 미래에 우리 아이들이 어떻게 성장해 나가는 것이 최선일까를 매순간 고민한다. 그렇게 시작된 교육이 미라클 미래숲 창의융합교육 연구소이다. 내가 재능을 찾아 행복한 삶을 살았듯이 아이들 각자의 재능을 찾아주고 싶다. 재능을 찾기 위해서는 많은 경험을 해야 한다. 단순한 경험도 도움이 되지만 의미있는 경험 속에서 나를 바라볼 줄 알아야 한다.

4차 산업혁명 시대에 살아갈 아이들이 우리가 살아왔던 성공 공식에 대입해서는 안 된다. 이 세상 그 누구도 4차 산업혁명시대를 살아보지 못했다. 그러기에 계속 미래에 대한 공부를 멈춰서는 안된다. 학교, 사회, 국가를 믿고 있기에 우리 아이들은 너무 빨리 자란다. 대학진학률이 20%도 안 되던 시절에는 대학만 진학을 해도 남은 인생을 보장해줬다. 하지만 대학진학률이 거의 85%가 넘는 시대에서 대학 진학에 목숨을 거는 것은 전혀 의미가 없다. 즉, 단순한 입시공부만으로는 미래를 보장 받을 수도 없고, 오히려 아이들의 재능을 죽이게 된다.

내 아이의 재능이 어디에 있는지를 관찰하고 대화해보자. 그 재능을 인정하고 계발을 시켜주는 것이 우리가 해야 할 일이다. 재능을 빨리 찾으면 좋을 수 있겠지만 느리게 찾는다고 문제 되지 않는다. 급하면 안 된다. 너무 입시제도에 맞춰 내 아이의 속도를 측정하지 않았으면 좋겠다. 학창시절의 우등생이 사회의 우등생이 아니라는 것 정도는 알지 않는가?

재능을 찾으면서 발전 시켜야할 미래역량 6가지가 있다. 6C 역량은 협력(Collaboration), 의사소통(Communication), 콘텐츠(Contents), 비판적 사고(Critical Thinking), 창의적 혁신(Creative Innovation), 자신감(Confidence)이다.

역량 중심의 교육을 실천하면서 서서히 그 속에서 우리 아이가 잘하는 역할이 무엇인지를 살펴보면 재능을 발견할 수 있을 것이다.

또 평생을 배움을 즐기는 아이로 자라게 해야 한다. 단순히 학교 공부가 배움이 아니다. 자신의 관심분야를 폭넓게 파고드는 것이다. 그래서 그 분야의 리더로 자라게 하자.

닮은 얼굴은 있어도 같은 얼굴은 없다. 즉, 배움의 과정과 방법에도 여러 길이 있다. 내 딸은 중학교 진학을 하지 않고 홈스쿨링을 하고 있다. 홈스쿨의 무대는 태평양과도 같다. 24시간을 오로지 스스로 정하고 행동해야 한다. 누가 정해주는 것이 없고 해야 하는 틀도 없다. 학교라는 틀 속에서 모범생처럼 행동했던 딸은 울타리 밖에서 길을 잃은 양 같았다. 무언가를 해야 하는데 순서를 정하는 것도 양을 정하는 것도 서툴렀다. 나 역시 엄마로서 지켜보며 어떤 역할을 해야 하는지 난

감하기도 했다. 1년간의 홈스쿨링이 6년간의 초등생활보다 힘들었다. 그만큼 많이 성장했다는 뜻이다. 우리에게 주어지는 하루하루가 소중했다. 왜냐하면 우리가 선택했던 특별한 길이였기 때문이다. 그런 특별한 하루를 시시하게 보내기 싫었기에 매일같이 하루를 디자인해갔다. 그 속에서 제일 많이 경험했던 것이 실패이다.

"필라멘트가 될 수 있는 물질은 세상에 대략 5500종류가 있다.
이미 2000번을 실험했으니 3500번만 더 하면 된다.
머지않아 이 실험은 끝날 것이다."

에디슨이 전구를 발명하며 수많은 실패를 이겨냈듯이 우리도 실패의 나날을 보낸다. 실패를 통해 우리를 알아가고 있기에 이 시간이 너무 소중하다. 누군가 홈스쿨링을 하겠다고 하면 쉽게 하라고는 못한다. 하지만 분명한 것은 홈스쿨을 도전하고 실패를 잘 버텨내면 세상을 살면서 두려울 것이 없는 힘이 생긴다. 홈스쿨의 매력이자 홈스쿨에 후회하지 않는 이유이다. 어떤 힘든 일이 와도 이겨낼 수 있는 힘이 우리에게 자라나고 있다. 너무 편한 것에 안주하지 않는 습관이 생겼다. 틀 속에 있을 때는 그 틀의 규칙대로 움직이면 되니 편하다. 하지만, 편한 만큼 함정이 있을 수 있다는 것을 우리는 안다. 내 생각이 자라나는 것인지 내 생각이 죽어가고 있는 것인지를 구별하는 힘이 생겼다. 따라서 매 순간 어떤 일을 선택할 때 쉬운 길을 선택하기 보다는 어렵더라도 올바른 일을 선택하게 된다. 틀이 아니어도 내가 내 자신을 디자인 할 수 있는 나에 대한 강렬한 믿음이 생겼으니까...

코로나19 역시 누구도 예측하지 못한 위기이다. 하지만 이 코로나를 기회로 받아들여 내 생활에 적용을 한 경우도 많다. 교육의 측면에서도 교육의 방향을 어떻게 잡아야하는지를 알 수 있다. 앞으로 코로나가 아니더라도 다양한 바이러스로 우리를 위기 속에 빠지게 할 것이다. 그러면 그때마다 바이러스 탓을 하며 내 인생을 잠시 멈추며 갈 것인가? 내 인생을 좌지우지 하는 것은 나의 의지뿐이다. 그런 삶을 살기 위해서는 실패를 두려워하지 않고 즐기는 용기와 남과 다른 길을 과감히 선택하고 걸어 나가는 힘을 가지기를 바란다.

프로필

- 입시학원 15년 경영후 주입식 교육에 회의를 느껴 아이들의 재능의 씨앗을 찾아 기적을 만드는 “미라클 미래숲 창의융합교육 연구소”를 탄생시켰습니다.
  또한 “미라클 모닝”, 미라클 독서 모임 “미라클 습관 미션” 등을 진행하며 혼자보다 함께의 기적을 만들고 있습니다.
- 현재 15세 딸과 홈스쿨링에 도전하며 학교 밖 청소년의 인식과 제도 개선에 힘쓰고 있습니다.

장애인은 연예인

정 원 석

[장애인이 되다]

"응애"하고 울었는지 안 울었는지는 기억에 없는데 나는 부모님의 사랑으로 이 세상에 태어났다. 어머니의 말씀에 의하면 그 당시 동네에서 태어난 아이 중에는 내가 가장 크고 잘 생겼고, 백일 때는 두 손 잡고 세우면 다리에 힘을 주는데 힘이 장사였다고 말씀해 주셨다. "믿거나말거나."

어느 날 아버지와 어머니는 이모와 함께 백일이 지난 나를 데리고 한강에 가서 배를 타고 놀고 있는데 갑자기 비가 쏟아져 흠뻑 젖은 상태가 되었단다. 저녁이 되었을 때 비에 맞은 나는 열이 많이 나기 시작해 동네에 있는 작은 의원을 가니 의사선생님이 아무렇지도 않은 듯 열 내리는 주사를 놔 주었단다.

그런데 다음 날 어떻게 된 것인지 내가 고개도 못 가눌 정도로 힘이 없어 '감기에 걸렸나' 하고 생각하셨단다. 시간이 지나니 열은 내렸는데 나의 온 몸이 축 처져있어 어머니는 이상하다는 생각이 들어 큰 병원에 가서 진찰을 받았는데 의사선생님이 "소아마비에 걸렸습니다."라는 말을 하는데 그 소리를 듣는 순간 그 자리에 푹 주저앉으셨다고 하신다. 1960년대 전후로 소아마비가 제일 창궐했을 시기였다. 그렇게 나는 백일이 지나자마자 장애인이 되었다.

[배신을 당하다]

목도 못 가누던 내가 어머니의 지극정성으로 전국의 용하다는 곳은 다 다니면서 치료를 받아 두 목발을 이용해 걸을 수 있게 되었다. 그렇게 장애를 가지고 살아오다 청소년이 되었을 때는 정말 질풍노도와 같은 시간들을 보냈다. 당당하고, 긍정적이며, 호전적인 나의 성격이 그대로 드러났던 시기는 중학교 2학년 때 인 것 같다. 지금 생각하면 사춘기가 왔던 것 같다. 공부보다는 친구들이 좋았고, 친화력이 좋은 나에게는 친구들이 많았다.

그 당시 우리는 어른들에 대한 부정적인 생각을 가지게 되었고, 세상에 대한 불합리성에 대해 반항하기도 했었다. 또한 우리는 다 컸다는 착각 속에 조금씩 삐뚤어진 시각이 생기면서 우리는 가출을 도모하기에 이르렀다. 그래서 우리는 가출 할 날짜를 정하고 각자 짐을 챙겨 모이기로 했다. 드디어 결전의 날, 나는 떨리면서도 설레는 마음으로 아이들과 약속한 장소로 갔다. 그런데 약속시간이 지나 한 시간, 두 시간이 지나도 아이들은 오지 않았다.

나는 어쩔 수 없이 혼자 집으로 돌아갈 수밖에 없었다. 내가 약속날짜를 잘못 알고 있었나 하는 생각이 들었다. 그런데 다음날 갑자기 친구 엄마들이 우리 집으로 찾아와 아이들이 어디로 갔냐며 나를 고문하기 시작했다. 그래서 나는 친구들이 나만 빼고 자기들끼리 가출했다는 것을 알았고, 아마 내가 같이 가면 짐이 될 것 같아 그랬던 것 같다. 이렇게 나는 친구들에게 배신을 당했다.

[그녀를 만나다]

일반 초 · 중 · 고등학교를 졸업하고 청년기를 맞이하였다. 목발 집고 안다닌 곳이 없을 정도로

참 왕성하게 다닐 시기였다. 숙명여대 앞에서 친구 누님이 카페를 운영하였는데 그 곳에 우리 친구들은 자주 놀러갔다. 그런데 그 곳에 가끔 왔던 여자 손님이 있었는데 웃는 모습이 참 보기 좋았다. 우연히 같이 이야기 할 시간이 있어서 대화해 보니 마음이 참 따뜻하면서도 강한 여성이었다. 나는 "이런 사람이랑 사귀어 봤으면 좋겠다."라는 생각이 들었다.

마침 다른 장소에서 단둘이 만날 기회가 있어 그 자리에서 나는 용기를 내어 말했다. "우리 한번 사귀어 보자"고 말하면서 커피 잔을 잡고 있던 손이 엄청 떨었다고 한다. 그런데 그녀한테는 아무런 대답이 없었다. 그 당시 그녀는 '이 상황은 뭐지'라는 생각이 들었다고 한다. 그렇게 우리는 그냥 자연스럽게 만나게 되었다.

어느 날 그녀가 편도선 수술을 하게 되어 보호자란에 서명이 있어야 하는데 가족들이 지방에 있어 부득이 내 이름을 쓰게 되었다. 그 것을 아신 그녀 부모님께서 나를 보자고 해 병원에서 처음 대면을 하게 되었다. 만나자마자 하시는 말 "앞으로 우리 딸과 만나지 말게나" 라는

말을 듣고선 힘없이 병원을 나올 수밖에 없었다. 그렇게 우리는 한동안 만날 수가 없어 술도 못 먹는 내가 하루하루를 술로 견디며 힘겨운 나날들을 보냈다.

그러다 어느 날 그녀와 전화통화를 할 수 있었다. 전화기로 들려오는 그녀의 목소리 "나 데리러 와" 하면서 끊어졌다. 나는 그 목소리에 힘을 얻고 친구들에게 도움을 요청했다. 그녀 친구를 태워서 시골집에 내려가 친구가 놀러온 것처럼 해 그녀를 밖에 나올 수 있게 한 것이다. 그녀와 나는 정말 오랜만에 재회할 수 있었다. 그녀에게 "나와 함께 하겠다."는 말을 듣는 순간 슬리퍼만 신은 그녀와 우리는 차를 타고 무작정 서울로 올라왔다. 그렇게 우리의 동거생활은 시작되었다.

[결혼식에 안가다]

누나가 결혼을 한다고 한다. 그래서 상견례도 하고 결혼날짜도 잡고 준비할 것이 굉장히 많은 것 같았다. 그런데 상견례 날짜가 가까이 다가올수록 누나가 나에게 뭔가 할 말이 있는 사람처럼 머뭇거리곤 했다. 그래서 나는 누나에게 물었다. "왜 나한테 무슨 할 말이 있어?"라고 물으니 "아니야 없어"하곤 피해버린다.

그래서 나는 어머니에게 물어보았다. "누나가 나에게 무슨 할 말이 있는 것 같은데 말을 안 하는 것 같다"고 하니 어머니는 조심스럽게 "저쪽 집안에서 우리 집에 장애인이 있다고 하면 책잡힐까봐 누나가 걱정하는 것 같다"라고 말씀해 주셨다. 그 소리를 듣는 순간 "아~ 나에게도 이런 일이 생기는구나."라는 충격과 함께 자존심 하나만큼은 누구에게도 뒤지지 않을 정도로 강한 나였기에 핑계를 대고 상견례와 결혼식에 가지 않았다.

[수술을 받다]

2008년 서울역에 장애인 한분을 배웅해 주고 나오다 미끄러져 광장에서 넘어졌는데 30분 동안을 움직이지 못했다. 병원에 가니 왼쪽어깨 인대가 끊어져 수술을 받아야 한다고 했다. 그래서 입원해 MRA검사를 받는데 동그란 통속으로 들어갔다가 다시 나오고 말았다. 통속에 들어가니 숨을 쉴 수가 없었다. 그래서 신경과 검사를 받아 보니 공황장애가 있다고 하는데 약을 먹을 정도는 아니라고 한다. 검사를 모두 마치고 무사히 수술을 받았다.

병원에서 퇴원 후 집에 있는데 왕성하게 활동하다가 움직이지 못하다보니 살짝 공항장애가 생겨 힘든 시간을 겪었다. 어느 정도 회복되어 전동휠체어를 탈 수 있어 각종 행사나 회의에 참석하면서 새로운 세상을 경험하게 되었다. 목발을 짚고 다닐 때와는 전혀 다른 세상이었다. 길거리를 지날 때 행인들 속에 낮게 묻혀 있어 앞을 볼 수 없었고, 보도에 턱이 나타 날 때면 올라갈 수 있는 길을 찾아 이리저리 헤매야 했고, 또한 전동휠체어 장애인들이 밖에서는 물도 잘 안 마시는 이유를 몰랐었다. 전동휠체어를 타고 들어갈 만한 화장실이 없어 얼마나 당황했는지 그때를 생각하면 지금도 아찔하다. 장애 유형마다 어려움이 다 다르다는 걸 깊이 깨달을 수 있는 계기였다.

수술로 인해 왼쪽 어깨를 쓰지 못하다 보니 오른쪽 어깨를 많이 쓸 수밖에 없었는데 시간이 지나면서 오른쪽 어깨도 통증이 심해졌다. 진통제를 먹으며 버티다 잠을 못잘 정도로 아파 또 병원을 찾았다. 2021년 오른쪽 어깨 인대 2개가 끊어져 3Cm나 벌어져 수술을 받아야 한다고 해 수술을 받았다. 조그만 침대에서 움직이지 못하는 상태로 입원해 있으면서 답답하고 나약한 나의 모습을 다시한번 느낄 수 있었다. 퇴원해 집에서 요양하면서 예전에 수술 받았을 때도 공황장애로 힘들었는데 이번에도 어김없이 찾아왔다. 숨이 막힐 것 같은 증상으로 어깨가 아픈 것 보다 더 정신적으로 힘든 시간을 보낸 것 같다.

[어떻게 살아]

내 주위에 있는 사람들은 왜 이리 아픈 사람들이 많은지. 허리가 아프고, 무릎이 아프고, 어깨가 아프고, 온 몸이 쑤셔서 죽겠다고 하는 사람 등등 내 앞에서 아프다고 하는 사람들을 보면 괜히 쓴 웃음밖에 안 나온다. 그런 소리를 들을 때마다 "그럼 우리 장애인들은 어떻게 살아 벌써 죽었겠네."라는 말을 하고 싶다.

60년이 넘도록 장애를 가지고 살아오다 보니 몸은 점점 변형되어 중복장애를 가지게 되었다. 척추측만증으로 인해 척추가 67도로 휘어져 있어 병원에서도 수술을 할 수 없다고 한다. 또한 목발을 오래 사용하다 보니 양쪽 어깨인대가 끊어져 두 번씩 수술을 받았고 지금도 통증에 시달리고 있다. 척추변형으로 인한 오른쪽 고관절 부분은 신경이 눌려 앉아 있는 것도 아프고, 목 디스크 때문에 잠을 자다가도 몇 번씩 깰 정도로 많이 힘든 상태이다. 이런 몸으로 어떻게 살아가는지 정말 우리 장애인들은 아침부터 저녁까지 도전이고 투쟁인 것 같다.

[도전은 용기와 희망을 낳는다]

내 인생은 도전의 연속이다. 유아기 시절 가지게 된 장애, 청소년기의 사회에 대한 반항, 청년기 때는 결혼과 가정, 장년기는 직업과 건강 등등의 다양한 도전을 맞이하며 살아왔다.

얼굴은 그럭저럭 못 생기지는 않았는데 체구는 작고, 장애도 있고, 학벌도 짧고, 돈도 없고, 빽도 없이 이 세상을 살아간다는 것이 그리 만만하지만은 않았다. 얼굴과 체구 그리고 장애는 나도 어떻게 할 수 있는 방법이 없어 그냥 같이 살기로 하고, 학벌, 돈, 빽은 내가 바꿀 수 있겠다는 생각이 들었다.

그래서 늦게나마 공부를 시작해 학사, 석사, 박사 학위를 받았고, 사회복지사를 비롯해 15개의 자격증을 취득하였다. 또한 주식회사를 설립해 기업운영을 통해 재정적인 자립을 할 수 있었고, 그렇게 노력하다 보니 자연스럽게 주위에 좋은 사람들이 많이 생기게 되었다.

내가 장애가 있어 어쩔 수 없이 못하는 것이 있을 수 있지만 내가 할 수 있는 것을 연마하고 노력하면 못할 것도 없는 것이 인생이다. 할 수 없는 것에 매달리지 말고, 할 수 있는 것에 최선의 노력을 기울인다면 실패한다 해도 용기가 생기고 또 다시 도전하면 희망적인 삶이 만들어진다는 것을 나는 경험했다.

사회복지학 박사로 장애인 복지시설의 원장으로 주식회사의 대표이사로 공공기관 이사로, 대학교 특임교수로, 지방자치단체 전문위원으로 또한 노년의 나이가 되어 노래를 만들어 음원등록하고 가요제에 출전하고 방송에 출연하고 등등 아직도 나는 삶에 다양한 도전을 하고 있다.

[장애인은 연예인]

장애인과 연예인은 삶에 있어서 참 비슷한 점이 많은 것 같다. 연예인이 지나가면 쳐다보게 되는데 우리 장애인이 지나가도 쳐다보는 사람들이 많이 있다. 그런데 나는 왜 그 시선들이 그렇게 싫었는지. 어떤 사람은 나를 보면서 안쓰럽다는 듯 "쯔쯔"하며 혀를 차는 사람도 있고, 어떤 사람은 너무 기분 나쁘게 빤히 쳐다봐서 뭘 그렇게 기분 나쁘게 쳐다보냐고 시비할 정도인 사람도 있어 나를 쳐다보는 시선이 참 부담스러웠다. 내가 가지고 있는 장애 때문에 열등감이 있었던 것 같다.

아무리 완벽해 보이는 사람이라도 다들 어느 정도의 열등감을 갖고 있는 것 같다. 그래서 비장애인들도 서로 쳐다보다가 왜 쳐다보냐며 멱살 잡고 싸움으로 번져 상해를 입히는 경우도 종종 있다. 만약 나에게도 대항할 힘이 있었다면 엄청 많이 싸웠을 것 같다.

연예인도 장애인도 큰 차가 필요하다. 연예인은 무대의상 같은 것을 싣고 다녀야 해서 리무진 같은 큰 차가 필요한데 우리 장애인들도 큰 차가 필요하다. 왜냐면 휠체어를 실어야 하기 때문이다. 요즘은 큰 차인 장애인콜택시를 타고 다니는 장애인들이 많다. 나도 큰 자가용을 타고 다닌다. 트렁크에 전수동 휠체어가 실려 있기 때문이다.

연예인이나 장애인은 매니저가 있다. 연예인은 모든 스케줄을 관리하고 보조하는 매니저가 있고, 장애인은 옛날에 매니저 역할을 부모님들이 하셨는데 2007년 장애인활동지원서비스가 시작되면서부터 장애인활동지원사가 매니저 역할을 하고 있다.

연예인도 장애인도 연애를 해도 드러내 놓고 말하기 힘들죠, 결혼하기도 어렵죠, 취직하기란 하늘의 별따기처럼 힘들죠, 삶은 불안의 연속이죠 등등 비슷한 점이 참 많은 것 같다. 그런데 무엇보다 닮은 점은 연예인이나 장애인은 많은 이들에게 희망의 아이콘이 될 수 있다는 것이다.

외롭고 힘들어 하는 많은 이들에게 기쁨을 주고 행복을 주는 연예인과 장애인은 삶에 희망을 주는 존재이다. 장애인도 연예인 같은 삶을 살아가기에 멋진 삶이지 않나 생각한다. 우리가 어떤 생각, 어떤 믿음을 가지고 살아가느냐에 따라 우리들의 인생의 결과는 정말 많이

달라진다고 확신한다. "연예인 같은 삶을 사는 장애인분들께 정말 멋지다는 말을 하고 싶다."

프로필

- 칼빈대학교 대학원 졸업 (사회복지학 박사)
- 現)숭실대학교 사회복지대학원 총동문회 회장
- 現)사단법인 한국장애인녹색재단 회장
- 現)주식회사 돕다 대표이사
- 現)'나는 연예인'을 부른 가수겸 작사가

마음에 별 하나 심을 수 있다면

조성주

"사람이 곤경에 처하는 것은 뭔가를 모르기 때문이 아니라, 뭔가를 안다고 착각하기 때문이다." – 마크 트웨인

막막했다. 그동안 걸어왔던 삶이 막다른 길목에 다다랐기 때문이다. 더 이상의 걸음은 의미가 없었고, 나에겐 새로운 삶의 방향이 필요했다.

이 땅에서 한 가정의 가장으로 산다는 것은 어떤 것인가? 자녀의 입시를 위해 뒷바라지해야 하는 부모로서, 그리고, 쇠약해 가는 부모님을 돌아봐야 하는 자녀로서의 책임감은 꿈과 희망이 새어나간, 쭈그러진 풍선처럼 초라해진 어깨를 짓누른다.

사는 것인지, 주어진 역할에 충실하려 허우적대는 것인지, 마치 끝 모를, 어두운 터널 속에 헤매며 사는 사이에, 어느날 문득 돌아본 나의 삶은, 인생의 황금기를 지나 내리막을 향하는 미끄럼틀의 중간쯤에 와 있는 것 같았다.

'인생은 이런 것인가?', '이렇게 사는 것이 인생인가?', 삶의 환희는 이미 메말랐고, 산산이 해체된 나는 어디에 있는지 찾을 수가 없었다.

모스크바의 삶

20대에 나는 영원을 알게 되었고, 세상을 변화시키고자 사회주의가 무너진 러시아 모스크바로 향했다. 삶의 가치와 기준들의 혼돈 속에서 곤궁한 삶을 사는 그들에게 희망을 주고 싶었다. 국가와 사회를 지탱하던 사회주의 이데올로기가 무너졌다는 것은 그저 어떤 사건이나 현상에 대한 문자적 표현에 불과한 것이 아니다. 한 인간으로서 성실히 살아왔던 자신의 인생이 한순간에 무너져 버리는 것이다. 진리라고 굳게 믿었던 국가의 위선으로 인해, 자신의 삶을 송두리째 사기당한 것이나 마찬가지이니 얼마나 고통스럽겠는가? 국가 경제 시스템은 무너져 생필품조차 제대로 공급이 이루어지지 않고, 화폐가치는 휴지가 되어, 대부분의 사람들은 끼니를 걱정해야 하는 처지가 되었으니, 그야말로 희망은커녕 혼란과 갈등만 가득한 사회가 되었다.

아내와 내가 살았던 모스크바는 그런 갈등이 극에 달았던 시기였다. 체제는 바뀌었지만 여전히 남아 있던 소련 공산당 세력들이 시가전을 하고 국회의사당까지 점령하며 저항을 하였다. 그래서 시내 한복판에서는 총알이 날아다니고, 국회의사당 앞에는 그들을 진압하느라 탱크를 동원하여 포격을 가하기도 했다. 어찌 그뿐인가? 러시아 공화국으로부터 독립을 원했던 체첸 반군들이 모스크바에서 폭탄 테러를 일으켜, 여기저기 아파트가 무너져 수많은 사상자가 발생하는, 그런 험악한 일들로 가득했다.

우리가 모스크바에 도착해서 얼마 되지 않은 1993년은, 살인적인 인플레이션이 일어나던 때였다. 한국과는 달리, 그 당시 모스크바에선 상품진열대의 물건에 구매자가 직접 접근할 수가 없었다. 마치 우리나라의 귀금속 가게처럼 말이다. 만약 물건을 확인하고 싶으면 지키고 있는 점원에게 한번 보여 달라고 사정을 해야 했다. 지금 생각하니 생필품조차도 귀금속처럼 귀했기 때문에 그랬던 것 같다. 그래서 물건을 사기 위해서는 먼저 그 물건이 상점의 몇 번 섹션에 위치하고 있는지, 그리고 가격은 얼마인지를 확인해야 했다. 그리고 난 후에, 캐시어에게 가서, 어느 섹션에 있는, 무슨 물건, 얼마의 가격인지를 얘기해서 돈을 지불하고 영수증을 수령한 후에, 다시 그 섹션으로 가서 점원에게 영수증을 제출하고 물건을 받아오는 시스템이었다. 그렇기 때문에 물건을 살 때마다 러시아어가 서투른 사람들은, 불친절하고 짜증스러워하는 점원들의 태도에 가슴이 조마조마했다. 사려는 물건이 섹션의 경계에 위치해 어느 섹션인지 헷갈리기라도 하면, 그것은 등골에 식은 땀이 흐르는 상황이었다. 간혹 영수증을 틀리게 끊어가게 되면 담당점원의 호된 꾸지람(?)을 들어야 했고, 다시 캐시어에게 가서 사정사정하며 영수증을 재발급 받아야 했기에, 물건을 산다는 것이 보통 긴장이 되는 일이 아니었다.

아내가 겨우 숫자 1, 2, ..., 10 까지만, 외웠을 때인데, 상점에서 파는 빵값은 15 루블이었다. 그래서 열심히 '15'라는 숫자만 별도로 외워서, 용기를 내어 다음날 빵을 사러 갔는데, '아뿔사', 인플레이션으로 인해 하루 만에 빵값이 16루블로 오른 것이었다. 결국 아내는 눈물을 삼키며 뒤돌아서야 했던, 요즘 말로 하면 '웃픈' 사연이 참 많았다.

길을 가다가 사람들이 줄을 서 있으면, 뭔지도 모르고 무조건 줄을 서서 기다렸다가 사야만 했던 일들, 그러다가 우리 앞에서 물건이 다 떨어지면, 아쉬움을 뒤로하고 '쿨'하게 돌아서야 했던 그 시절은 뭔가를 산다는 것은 참 힘든 일이었다. 왜 이렇게 점원들이 불친절하고 시스템이 복잡한지, 연구소 지도교수님께 불평을 토로하면, "성주, 너무 그렇게 힘들어하지 마. 우리는 평생을 그런 체제 속에서 살아왔으니까"라고 빙그레 웃으시면서 말씀하시곤 했다.

예상치 못한 친절

이렇게 무뚝뚝하고 감정이 없어 보이는 사람들이었지만, 또 한편으로는 상상하지도 못한 친절을 경험하기도 하였다. 아내가 첫 아이 출산을 위해 한국에 들어갔다가 갓난아이를 데리고 모스크바 쉐르메티보 2공항에 도착하였다. 90년대 중반, 모스크바 공항에서 입국하려면 짐검사를 하느라 줄을 서서 보통 2 ~ 3시간을 기다려야 했다. 생필품이 부족한 곳이니 혼자서 갓난아기와 함께, 많은 짐을 가져오는 아내가 안쓰러워서 입국심사장 밖에서 안절부절하지 못했다. 국제공항임에도 짐 실을 카트조차 구하기 어려운 시절이었으니, 안에서 혼자 얼마나 고생하고 있을지 상상이 갔다. 그래서 짐 검사를 하는 직원에게 '아내가 아이를 데리고 혼자 입국하는데, 들어가서 도와줄 수 있게 해 달라'고 부탁을 하니, 의외로 흔쾌히 허락을 해 주었다. 입국심사장 안에 들어가 보니, 역시나 많은 사람이 길게 줄을 서 있었고, 그들 중에 아내도 갓난아이를 안은 채 기다리고 있었다. 그런데, 입국 검사장 직원이 아기를 안은 아내를 맨 앞으로 데리고 와서 먼저 통과할 수 있게 도와주는 것이 아닌가! 그뿐만이 아니었다. 그 많던 짐을 아기 짐이라고 검사도 하지 않고 그냥 통과시켜주어서 꿈인지 생시인지 믿기지가 않았다.

겉으로는 무뚝뚝하고 거칠어 보이는 러시아 사람들이었지만, 아기를 대하는 모습에서 그들 내면의 따뜻함을 느낄 수 있었던 놀라운 순간이었다. 그 후로도 공항에서는 아이를 안고 있으면 줄이 아무리 길더라도 가장 우선해서 통과시키는 특혜(?)를 여러 번 경험하였다.

겨울이 되면 모스크바의 도로는 진풍경이 벌어진다. 주요 간선도로들은 제설장비와 시스템이 잘 갖추어져 있어서 눈이 오면 바로 제설을 하기 때문에 운전하는데 크게 어려움이 없었다. 그렇지만 인도나 아파트 주변의 길들은 눈이 녹지 않고 그대로 쌓이기 때문에 길가에 세워 놓은 자동차들은 겨우내 눈 속에 파묻혀 있게 된다. 봄이 되어서야 모습을 드러내면 이것저것 손을 보고 고쳐서 여름에 잠깐 타고 다니다가, 가을이 되면 다시 길가에 세워두고 겨우내 다시 눈 속에 파묻힌다.

어느 주일 아침엔 교회에 가려고 자동차 시동을 걸고 출발하려고 하는데, 차가 빙판에 빠져 바퀴가 헛돌았다. 아무리 차를 밀고 당기고 해도 빠져 나올 수가 없는데, 이른 아침이라 도움을 청할 사람도 없어서 매우 난감하였다. 정말이지 그 당시 삶은 하루도 기도가 절로 나오지 않는 경우가 없었던 것 같다. 그런데, 갑자기 지나가던 차가 멈추더니 한 아저씨가 내렸다. 그분에게 뭐라 도움을 청하지도 않았는데, 상황을 뻔히 아니까 천하장사처럼 차를 힘껏 밀어주어 겨우 빙판을 빠져나올 수 있었다. 고맙다는 인사도 제대로 못한 채로, 그분은 어느새 차를 타고 사라져 버려서, 아내와 나는 마치 천사를 본 것처럼 기쁘고 감격스러웠다.

지금 생각해 보면 모스크바의 삶은 어느 이야기 속에나 나올 법한 '버라이어티'한 사건의 연속이었다. 아프리카 난민처럼 피골이 상접(?)한 모습으로 살았지만, 아내와 나는 아이들과 함께 사명감과 보람 속에 행복한 시간을 보낼 수 있었다.

다시 한국으로

한국에 돌아오는 비행기에서 나는 마음이 무척이나 무거웠다. IMF 구제 금융으로 많은 국민들이 어려움을 겪을 때였고, 우리 가족들 또한 힘든 시기를 보내고 있었다. 모스크바의 삶에 몸과 마음이 지쳐 조금 쉬고 싶었지만, 한국에 도착하여 내가 맞닥뜨려야 하는 상황이 어떨지 가히 짐작이 되었기 때문이다.

다행히 정부 연구소의 연구관으로 특채가 되어 공무원 생활을 하게 되었으나, 경제적 기반이 없던 나는 거처를 마련하기도 여의치 않았다. 그때 마침, 한 벤처기업에서 스카우트 제의가 들어왔고, 사택을 제공해 준다고 하여 벤처기업으로 자리를 옮기게 되었다.

그렇지만, 누군가가 말했듯이 벤처라는 것이 '잘되면 벤츠를 타고, 잘못되면 벤치에 나앉는 것'이라 하지 않았던가! 나름대로 최선을 다해 기술과 장비를 개발하여 기술적으로는 인정을 받았지만, 워낙 특수한 분야이기에 시장이 적은 것이 흠이었다. 시간이 흐르며 회사의 재정상태는 어려워져 갔다. 나는 회사를 옮긴 적이 없음에도, 회사는 인수와 합병, 법인분할 등 다섯 번이나 바뀌며 17년 동안 벤처 생활을 했으니 삶이 오죽했겠는가? 무수한 날 밤을 새며 일을 해도 직원들에게는 우선적으로 급여가 지급됐지만, 나는 임원이기에 받지 못하는 일들이 반복되었다. 어느새 아이들은 중학생, 고등학생이 되어 입시 준비를 해야 해서, 필요한 비용은 더욱 늘어나는데 말이다.

다행히 그동안 내가 해왔던 일들이 자율주행자동차에 필수적인 센서의 핵심기술이어서 드디어 때를 만나는가 싶었는데, '이게 웬일인가?', 잘되려고 하면 사람들에게 욕심이 생겨서 그런지, 결국에는 긴 시간 함께 고생했던 관계가 깨어지며 모든 것을 잃게 되는 그런 일이 벌어졌다. 어렵사리 그동안 지켜왔던 가치, 기울였던 노력들이 물거품이 된 것이다. 젊은 날 모스크바에서 보았던, 사회주의 체제가 무너진 러시아 사람들의 공허함이 이와 같지 않았을까?

무엇이 옳고 그른지를 안다고 생각해서 그 가치대로 살려고 애를 써왔지만, 현실 속에서 부대끼는 사람들은 내 머리 속의 이상과는 꽤 멀리 있었다. '그렇게 말하는 나는 또 누구인가?', 내 속에서 꼬리에 꼬리를 무는 질문들이 나를 괴롭혔다.

'나'를 찾는 여행

결국, 둘째 아이가 대학에 입학한 후에, 아내와 아이들의 동의와 지지를 얻어 회사를 그만두었다. 어디가 앞인지 뒤인지도 모르는 상황에서 더 이상 성실하게, 최선을 다해 산다는 것으로 삶의 의미를 부여하기가 어려웠기 때문이다. 그동안 살아왔던 '나'가 아니라 본연의 '나'를 찾고 싶었다. '나' 자신의 감정이나 욕구보다는 맡겨진 역할과 임무에 충실해야 한다는 일념으로 살아오다 보니, 내가 무엇을 좋아했는지, 무엇을 하고 싶었는지 '나'라는 존재가 아득하기만 했다. '나'라는 것이 있기는 한 걸까? 나의 살아온 과거는 있었지만, 지금의 '나'와 앞으로의 '나'가 도무지 그려지지 않았다.

회사를 그만두고 백지 같은 시간이 나에게 주어졌지만 정작 마음이 이끄는 것이 무엇인지 알 수가 없어, 일단 건강회복을 위해 수영을 시작하였다. 그리고, 『팀장님 일도 모릅니다만』이라는 우스꽝스러운 제목의 책을 읽게 되었다. 우리말 제목과는 달리 원문의 제목은 『Not knowing』으로, 아는 것의 경계에서 만나는 모른다는 것의 중요성을 알려 주는 책인데, 아무것도 모르는 바보처럼 느껴졌던 나의 고민이, 실상 나의 경험과 생각 너머의 더 넓은 미지의 세계로 나아가는데 필수적인 과정임을 깨닫게 해 준 책이었다. 아직은 뭐가 뭔지 모르겠지만, 그래도 캄캄한 어둠 속에서 작은 등불 하나가 켜지는 것 같았다.

마침 그때, 하와이를 잘 아는 친구가 하와이 마누아케아 산 정상에 있는 세계최고의 천문대에서 찍은 밤하늘의 타임랩스 동영상을 보내주었다. 하늘을 가득 메운 별과 은하수, 그리고 대기로 인한 왜곡을 보정하기 위해서, 마치 레이저쇼를 하듯이 밤하늘에 레이저 빔을 쏘는 모습들이 내 가슴을 뛰게 만들었다.

'바로 이거다. 내가 얼마나 가보고 싶은 곳이었던가!, 경제적인 상황이 여의치 않고 회사도 그만둔 상황에 하와이를 가다니, 바보 같은 짓이야'

내 속에 있는 현실적이고 합리적인 '나'가 그 감정을 가로막았다. 그렇지만 이번만큼은 '이성'이 아니라 뛰는 '가슴'을 따르고 싶었다.

'그래 어차피 굶을 것이라면, 차라리 몇 달 먼저 굶는 한이 있더라도 하와이를 갔다 오자!'

"우리가 하와이를 간다고?"

아내와 아이들도 믿기지 않는 모습이었다. 늘 신중해서 쉽게 결정하지 못하고 이것저것을 고려하느라 가족여행도 변변하게 가본 적이 없던 아빠가 갑작스레 하와이를 간다고 항공편과 숙소를 예약하고 여행 스케줄을 짜니 그럴 법도 했을 것이다. 나에게 있어 하와이는 단순한 여행이 아니라, '나'를 찾기 위해 불확실성에 뛰어드는 하나의 도전이었던 것이다.

나는 보았다

4000미터가 넘는 한 여름의 마누아케아 산 정상에서 나는 겨울옷과 담요를 뒤집어쓰고, 지도에서만 보던 태평양을 보았다. 그리고 가쁜 숨을 몰아쉬며 구름보다 높이 솟은 산꼭대기에서 우주를 향해 우뚝 서 있는 신비로운 천문대의 모습과, 태평양으로 넘어가는 빛나는 저녁노을을 보았다.

그리고 어둠이 내리자, 거칠 것 없는 온 하늘을 가득 메운 별들과, 하늘 이편에서 저편까지 유유히 흐르는 은하수에 우리 가족 모두는 할 말을 잃었다. 숨이 막히도록 아름다웠다!

그뿐만이 아니었다. 유리처럼 맑은 태평양의 바닷물 속에서는, 사람을 별로 신경 쓰지 않으며 떼지어 몰려다니는 각양각색의 열대어들이, 마치 마우나케아의 밤하늘이 바다 속에 있는 것처럼 깊은 생명의 아름다움을 보여 주었다. 그리고 대자연의 한 가운데 사는 사람들에게서 느껴지는 삶의 여유로움은, 바쁘게만 살았던 나의 모습을 다시금 돌아보게 해 주었다.

'이렇게 여유롭고 행복한 시간을 갖는 것이 내게도 가능하구나!', 벼랑 끝을 붙들고 떨어지지 않으려고 발버둥을 치던 내게, '이 손을 놓으면 하늘을 나는 것이 가능할 수도 있겠다'는 솜털 구름 같은 희망을 발견한, 내 인생의 전환점이 된 여행이었다.

꿈같은 시간을 뒤로 하고 한국에 돌아오니 역시나 경제적인 것이 부담이 되었고, 혼자서 짐을 지고 있는 아내에게 미안한 마음도 들었다. 나를 찾아가는 과정의 불확실성 때문에 걱정도 되었지만, 여행 전과는 다르게 메말랐던 심장에 작은 맥박이 뛰는 것 같았다. '그래, 어떻게 될지는 모르지만 어디 한번 가보자!'는 용기가 생겼다.

그동안 알고 싶었던 것에 대해 공부도 하고, 평소 청소년 과학교육에 관심이 많았지만 엄두를 내지 못하다가, 유명 작가님의 글쓰기 수업도 들으며 도움을 받아서 『아빠, 물리가 뭐예요?』라는 제목의 책을 집필하게도 되었다.

내 속에 빛나는 별

여전히 내 가슴 속에는 하와이 밤하늘의 별이 빛나고 있었다. 마침 달이 슈퍼문일 때 월식이 일어난다고 하여, 추운 겨울이었지만 모스크바에서 틈틈이 장만했던 망원경을 들고 달사진을 찍으려고 아파트 놀이터에 나갔다. 몇 시간을 추위에 떨긴 했지만, 천문대도 아니고 아파트 놀이터에서 슈퍼문의 개기월식 과정을 생생하게 담아 낼 수 있다는 것이 나 스스로도 놀라웠다. 아내가 수업을 마친 후에 아이들을 데리고 나와서, 맨눈으로 보는 것과는 비교할 수 없는 섬세한 달의 모습에 신기해하는 아이들을 바라보며 새로운 무언가가 내게 보이는 듯 했다.

추운 겨울이 가고 따뜻한 봄, 과학의 날에는 큰 아이와 함께 과학의 날 기념으로 정릉초등학교 옆의 생태공원으로 망원경을 들고 나갔다. 그동안 여러 번의 시행착오 끝에 스마트폰을 망원경에 연결하여 사진을 찍는 것이 가장 효과적이어서, 망원경 한 대에는 스마트폰을 통해서 실시간 영상을 촬영할 수 있게 세팅을 하였고, 다른 망원경은 직접 눈으로 볼 수 있게 하였다.

마침 날씨도 좋고 하늘도 맑아서, 함께 따라 나온 아내가 우리만 보기 아깝다고 가르치는 아이들에게 연락을 하였다. 그런데 이게 웬일인가? 몇 명 오지 않을 거라고 생각했는데, 학부모까지 포함해서 40명도 넘게 나온 것이다. 아이들이 망원경으로 달을 보니 너무도 신기하고 즐거워서, 서로 돌아가며 몇 번씩 보고 또 보았다. 덩달아 궁금해진 엄마들도 망원경을 통해 달을 보고는 놀라워했다. 달빛 아래 까르르 웃으며 즐거워하는 아이들의 모습에 지나가던 어르신도 다가와서 자기도 한번 보면 안 되겠냐고 부탁해서 보여드리니, 평생 처음 망원경으로 본 달의 모습에 무척이나 신기해 하셨다.

사전에 계획한 거창한 행사는 아니었지만, 모두가 즐거워한 동네 축제와 같았던 봄날의 향연이었다. 그 날의 기쁨이 어찌나 컸던지, 누가 시키지도 않았는데, 한 아이는 별을 보는 모습을 그림으로 그려 자신의 마음을 표현하였다.

'이것이 정말 내가 원하던 것이 아니었는가?'

'아이들의 마음에 별 하나를 심어 줄 수 있다면, 그 아이가 커서 혹시라도 어려움을 겪을 때 그 별이 아이를 이끄는 길잡이가 될 수도 있지 않겠는가?' 이 일은 불확실함의 경계에 서서 내가 알지 못했던 것을 배우고, 새로운 길로 나아가는 여정을 알리는 신호와도 같았다.

이렇게 동네천문대는 시작되었고, 내 인생의 새로운 챕터가 열리게 되었다.

프로필

- 서울대 물리학과 졸업 및 러시아 레베데프 물리연구소 이학박사(레이저 물리 전공)
- 기상청 국립기상연구소 기상연구관(원격탐사연구)
- 현 자율주행기술개발(라이다 센서 및 광계측장비; 벤처 및 중소기업)
- 청소년 물리교양서 〈아빠 물리가 뭐예요?〉 저자
- 'See the invisible!' 이라는 좌우명으로 어린이와 청소년, 성인, 특히 전국 과학교사들이 일상 속의 보이지 않는 물리 법칙을 볼 수 있도록 강의와 강연을 통해 미래교육에 힘쓰고 있음.

독자에서 저자로

황선희(엄마코칭 전문가)

“선희야! 이 책 한 번 읽어봐래이. 내 친구가 교육학 전공자인데 이 책 읽고 애를 억수로 잘 키우는기라. 나도 이거 보고 책으로 키우고 있다아이가. 니가 많이 알겠지만, 이건 꼭 알아야 된데이.”

여덟 살 위의 손위 동서가 내가 임신한 걸 알고 건네준 책은 푸름이 아빠의 ‘배려 깊은 사랑이 행복한 영재를 만든다’였다. 저자의 문장들은 학원을 운영하며 나름 사교육 전문가였던 나를 책 육아라는 신세계로 안내해주었다. 그때부터 책 육아의 세계에 빠져 지금은 자타가 공인하는 자녀교육 전문가가 되었다.

“아이는 부모의 거울이다. 아이가 미안해 할 정도로 배려깊게 사랑해주면 아이는 부모에게서 받는 배려깊은 사랑을 그대로 부모에게 돌려준다.”

‘책 육아’하면 제일 먼저 엄마표 학습을 떠올린다. 종일 아이에게 책을 읽어주고, 유치원이나 사교육의 도움은 거의 받지 않은 채 엄마가 학습을 주도하는 형태의 육아라고 오해하는 분들이 많다. 내가 실천하는 책 육아는 그렇지 않다. 그저 책의 도움을 받을 뿐이다.

북 시터 라고 해야 하나? 책은 엄마와 아이를 연결시켜주는 도구이며, 대화의 소재이다. 그래서 아이가 매일 몇 권의 책을 읽어 내고, 몇 살에 읽기 독립을 했는지가 중요하지 않다. 한 권의 책을 얼마나 맛있게 읽고, 어떻게 흡수했느냐가 중요하다. 책은 경험이다.

나도 만 권이 넘는 책을 집에 들이고, 수 천만 원의 비용을 쓰고 나서야 이 사실을 알았다. 아이가 책을 좋아하기도 했고, 영재를 만들고픈 욕심이 앞서서 책을 마구 사들였었다. 이 사실을 그때 알았더라면 책 육아 카페를 들락거리는 시간에 아이의 눈을 맞추고 조금 더 놀아줬을 텐데, 밤 새 책 읽어주느라 나를 돌보지 않는 선택을 하지는 않았을 텐데……

큰아이 밑으로 두 번의 유산을 경험하고서야 육아는 아이와 엄마 모두 윈윈하는 과정이어야 한다는 것을 알게 되었다. 아이가 들고 오는 책을 새벽까지 목이 쉬도록 읽어주는 게 책 육아의 전부가 아니었던 거다.

책 읽는 아이가 아닌 아이의 시선이 어디에 머무르는지를 관찰하자 육아가 다르게 다가왔다. 의무감으로 읽어주던 책의 내용이 오롯이 나에게 체화되기 시작했다. 기계적으로 읽어주느라 듣지 못했던 내 목소리가 들려왔다. 이렇게 한 권, 두 권 동화책을 낭독하며 나는 스스로를 돌아보기 시작했다. 어린 시절 아빠의 무릎에 앉아서 듣던 동화책 소리가 내게 들리는 것 같았다.

내가 5살 되던 해에 해외로 떠난 아빠는 2년 뒤 귀국했다. 막내딸의 어린 시절을 함께 하지 못한 게 미안해서인지 저녁 식사 후 항상 내게 책을 읽어주었다. 쉬는 날이면 함께 낚시를 다녔고, 밀린 방학 숙제도 아빠와 함께 웃으며 후다닥 해치웠다. 난 아빠와 함께 하는 시간이 가장 행복했다. 이 행복함을 아이에게도 전해주고 싶었다.

이때부터 나의 육아는 아이와 함께 추억을 쌓아가는 시간이 되었다. 그 덕분에 올해 고등학생이 되는 딸과 함께 호밀밭의 파수꾼과 같은 고전을 읽고, 다섯 살 터울의 둘째와는 도서관에서 시간을 보내며 모녀 작가의 꿈을 키우고 있다.

코로나 이후 가정 보육이 예상외로 길어지면서 아이들과의 갈등이 깊어진 엄마들의 한숨 소리가 여기저기서 들려오고 있다. 밤,낮이 바뀐 아이들, 줌 수업 시간에 잠을 자거나 게임에 빠진 아이들, 식사 시간에도 스마트폰만 보는 가족들. 한 공간에 있지만 각자 다른 공간에 머무는 가정의 모습은 조각난 퍼즐이 여기저기 흩어져있는 것 같다.

하지만 우리 집의 모습은 조금 다르다. 밤 10시에 잠자리에 들고, 아침 일찍 일어나 가족이 함께 식사하며 얘기를 나눈다. 공부 계획을 세우고, 예습과 복습을 하며 자기주도학습을 하고 있다. 노트 정리, 마인드맵 복습, 매일 책 읽고 생각 쓰기 등 기록하는 습관 덕에 서술형 평가 준비를 따로 하지 않아도 된다. 성경 암송과 백지 테스트를 꾸준히 해서인지 암기력도 나쁘지 않다. 우리는 이렇게 교사가 되고 싶은 큰 아이의 꿈과 만화 작가가 되고 싶은 작은 아이의 꿈을 집에서 키워가고 있다.

나도 코로나 덕분에 온라인에 접속해서 새로운 세상을 익히고 있다. 서울에서 멀리 떨어진 부산에 살고 있어서 쉽게 접할 수 없던 유명한 강사들의 강의를 듣고, 다양한 코칭을 받고 있다. 심지어 해외에 거주하는 코치에게 코칭을 받기도 한다. 와이파이만 있으면 이 모든 게 가능하다.

17년간 아이를 키워온 경험을 녹여 온라인 교육 사업도 시작했다. 도우며 함께 키우는 '도키교육' 대표가 된 것이다. 육아를 통해 개발한 능력으로 사업을 시작하고, 육아는 최고의 자기계발 과정임을 엄마들에게 알리고 있다. 이는 모두 육아의 가치와 아이들과 함께 쌓아가는 시간의 의미를 많은 사람에게 전하고 싶어서 시작한 일이다. 부모와 관계가 좋은 아이들은 내면이 튼튼하게 자라서 사춘기를 심하게 겪지 않는다. 자존감이 높은 아이로 자랄 수밖에 없다.

그래서 나는 아이를 가르치지 않고, 엄마들을 코칭한다. 공부법이든 독서법이든 엄마와 아이가 함께 할 수 있는 방법을 알려주고, 실행할 수 있도록 돕고있다. 비즈니스 코치, 운동 코치, 라이프 코치, 인스타그램 코치도 있는데 엄마 코치는 없어서 나의 경험을 녹여서 새로운 개념으로 만들었다.

나는 엄마들의 코치가 되고, 엄마들은 아이의 코치가 되길 바란다. 가르치지 않고, 돕는 엄마가 된다면 서로 협력하며 상생하는 육아가 가능할 것이다.

"코치님! 사춘기 아이랑 어쩜 그렇게 사이가 좋아요?"

강의가 끝나고, 11살 삼춘기 딸을 둔 엄마가 나에게 물었다.

"책으로 아이와 시간을 쌓으세요. 아이의 관계 지능은 10살에 마무리된다고 합니다. 아이와 책 읽으며 시간을 보내다 보면 좋은 관계가 저절로 형성돼요. 하루 한 권부터 시작해보세요."

"코치님이 쓴 책은 없어요?"

"……!"

할 말이 없었다.

수많은 육아 책을 읽고, 독서와 자기 주도 학습법 강의를 하고 있지만 내 책을 쓸 생각은 해보지 못했다. 책은 스펙이 있는 특별한 사람들이 쓰는 것이라는 생각 때문이었을까? 문득 이런 생각이 떠올랐다. 17년간 해온 육아가 최고의 스펙이자 경력인데 이 생각을 왜 못했지? 그것도 밤 낮 구분없이 최선을 다해서 하고 있는 현역 엄마인데, 스스로 내세울게 없다고 생각한 자신이 부끄러웠다. '그래, 당당하게 내 이야기를 써보자!'

"나는 자녀를 경영하는 자녀 경영가입니다."

이 엄마와의 대화가 나를 책 쓰기로 이끌었다. 언젠가 선배맘이 후배 맘에게 내 책을 한 권씩 소개하는 그날을 기대해본다.

프로필

- 도키교육 대표
- 자녀 교육 강사
- 초.중 독서 프로젝트, 교과서 노트 정리 프로젝트 운영
- '육아는 최고의 자기계발입니다' 출간 예정
- '엄마코칭 자기주도학습법' 출간 예정

초대 문인

강만수
고정욱
오만환
이다경

초대작가코너

茶毘式

강 만 수

대문 앞에 서 있던 눈사람은

봄볕에 자신을 태운 걸까

말갛게 흔적도 없이 사라졌다

時時 空空空

空間이 굴러간다
00000 00000000 000 0000
時間이 굴러간다
–––––––––––––– 00 000
공간이 000 공간이 000 아닌 먼 곳을 향해
시간이 시간이 아닌 먼 곳을 향해
공간이000 공간이 –––––––아닌
행성은 어디에
시간이 ###### 시간이 아닌
행성은 어디에
空間이 空間이 /////////////////
아닌 곳을 향해 날아간다
00000 00000 00000
時間이 時間이 아닌 곳을 꿈꾼다.
공간에서 /////////////// 시간으로
時時時時時時時時
––––––––– 00 00 0000 00
시간에서 공간으로 00 0000 00
空空空空空空空空空
0000 000 ######## 00 0000 00
//
00000 00 0000 00

국수

白飯定食이 먹고 싶어 식당을 찾았다
하지만 평소 흔하게 보이던
백반집이 보이지 않는다
여름 장맛비는 쉬지 않고
길게 기일게 내리는데
飮食店을 찾아 헤매다
일순간 바로 눈앞에 들어온
오래된 국숫집 간판을 본 뒤
그 집에 들어가
비빔국수 곱빼기를 시켰다
주문한 麵이 나오기를 기다리며
빗방울 떨어지는 소리와
창밖으로 지나가는
거리의 수많은 자동차를
백색식탁에 턱을 괸 채 멍하게 바라본다
그러다 요즘 보기 힘든
놋쇠그릇에 담은 매끈한 국수가 나왔다
그저 바라보기만 해도
침샘을 자극하는 국수는
창문을 두드리는
가늘고도 긴 빗줄기를 닮았다

나는 그 길고도 긴 면발을
내 안에서 똑똑 끊어 씹고 있다
저기 저 구르는 소리들을
천천히 받아들이며
빗줄기 닮은 국수를
젓가락으로 들어올린다

南無 8778654378726

나무 1그루를 심은 뒤에 2그루를 심고 다시 또 3그루를 심었다
南無 11그루를 심은 뒤 22그루를 심었고 또 33그루를
나무 111그루를 심은 뒤 222그루를 심고 다시 333그루를 심었다
南無 333그루를 심고 222그루를 심고 또다시 1111그루를
나무 1그루에서 튀어나온 은여우 555마리와 푸르른 호수를 봤다
南無 2그루에서 튀어나온 늑대 6565마리와 먹장구름도
나무 3그루에서 튀어나온 갈매기 35355마리와 긴 사다리를 봤다
南無 11그루에서 튀어나온 당나귀 537877마리와 전화기도
나무 22그루에서 튀어나온 벽시계 7876772대와 과수원을 봤다
南無 33그루에서 튀어나온 우체통 23567111개와 가죽장갑도
나무 111그루에서 튀어나온 머그컵 3672344개와 손가락을 봤다
南無 222그루에서 튀어나온 보세창고 2378454동과 뒷마당도
나무 333그루에서 튀어나온 비행기 2222222222대와 달을 봤다
南無 222그루에서 튀어나온 컨테이너 4545333333대와 나팔꽃도
나무 1111그루에서 튀어나온 수탉 8778654378726마리와 꿈을 꿨다
南無들은 꼬리에 꼬리를 물고 늘어 서 있다 나무 1 2 3 11 22 33
나무 111 나무 222 나무 333 나무 222 나무 1111을 쉼 없이 부른다
나무 南無 나무 南無 나무 南無 나무 南無 나무 南無 나무 南無 나무를

날

시는 면도날과 같다
입속에서

아드득 백색 날
아, 아, 아

비명소리 같은
그 섬뜩함을

씹고 또 씹었다

프로필

- 월간『현대시』(1992) 계간『문예중앙』(1996)으로 작품 활동을 시작함.
- 『한국시문학상』(2013)『바움문학상작품상』(2015)『계간 연인 특별작가상』(2020) 수상
- 현재『고려 문화』편집위원 및 휴먼 인 러브 재단 글로벌 콘텐츠 자문위원장
- 시집:『나는 보르헤스를 모른다』(2019)『시간자동 인출기』(2019) 외 20여 권이 있음.

대궁상을 아시나요

고 정 욱

이렇게나 떡 벌어지게 한 상 차려서 먹었습니다.

식도락을 즐기는 사람이 상다리가 휘어지도록 한정식상을 받아서 먹는 사진을 간혹 SNS에 올린다. 자세히 들여다보면 도저히 거기 있는 두어 사람이 먹을 수 있는 음식 양이 아니다. 얼마나 반찬이 많은지 반찬 그릇 위에 다른 그릇을 포개고 있다. 그 과정이 너무나 감격스러워 사진을 찍어 기념으로 올리는 심정은 이해한다. 원 없이 다양한 음식을 한 자리에서 먹기 때문이다.

하지만 그 뒤 남는 음식 쓰레기는 어떻게 할 것인가? 우리나라 일일 음식물 쓰레기 배출량이 14,452톤이며 과거 궁핍에서 벗어나지 못했던 중국에서 최근 매년 버려지는 음식물이 연간 3500만 톤이라고 한다. 즐겁게 음식을 먹고 죄책감에 시달리는 이 모순은 어찌 납득해야 할까?

한정식 식단을 이해하려면 먼저 대궁상을 알아야 한다. 대궁상의 사전적 의미는 '다 먹지 않은 음식이 남아 있는 밥상'이라는 뜻이다. 조선시대부터 내려오던 음식문화다. 고위관리들이 한상 떡 벌어지게 차려서 먹는 상이다.

그러면 그들이 그 많은 음식을 다 먹는 것일까? 천만에. 그들은 적당히 몇 숟가락 먹은 뒤 그 상을 그대로 아랫사람들에게 내린다. 아랫사람들은 그 상을 받아먹고 또 아래로 내린다. 이렇게 내리고 내리면 결국은 쓰레기 하나 남지 않고 모든 음식들이 처분된다. 한 마디로 떡 벌어지게 차리는 상은 다 함께 나눠 먹자는 의미이기도 하다. 한 사람이 먹을 수 있는 음식 양은 정해져 있기 때문이다. 밥을 먹을 때 반찬 이것저것 뒤적이지 말라든가, 먹을 만큼만 집어 가라는 우리의 밥상머리 교육도 어찌 보면 이 남은 반찬을 누군가 또 먹는다는 마음에서 나온 예절이다. 그런 전통이 한정식에 남아 있다.

하지만 오늘날 그런 대궁상은 사라지고 상다리 휘는 한정식만 남았다. 그러면서 자신들의 즐거움만 생각하며 음식물을 낭비한다. 오늘 우리의 과도한 소비행태를 보면서 대궁상의 의미를 알았으면 하는 생각이 든다. 두루두루 소외된 사람 없이 나누는 문화가 우리에겐 진작부터 있었던 게다.

이는 지역마다 향약이 있었음을 보아도 알 수 있다. 향약은 조선시대 양반들이 각 지역의 자치생활을 통해 하층민을 지배하려는 수단이었다. 다시 말해 유교적 예절과 풍속을 각 지역에 보급하여 질서를 세우고 미풍양속을 진작시키고 재난을 겪으면 서로 돕자는 의미이다. 학창시절 귀에 못이 박히도록 외운 항목이지만 요즘 돌이켜 보면 새롭다.

효도와 미덕 등 좋은 행실은 서로 권장한다.
잘못하는 일은 서로 규제한다.
서로 사귐에 예의를 다한다.
화재나 천재지변 등 걱정거리나 어려운 일이 생겼을 때 서로 돕는다.

물론 요즘 향약, 즉 지역 사람들 간의 약속은 없다. 그런 역할을 국가가 담당하고 있으니까 그렇다. 국가는 모든 것을 다 커버할 수 없다. 우리 생활 주변은 우리가 살펴야 한다. 독거노인은 요쿠르트나 우유를 시켜야 한다는 말이 있길래 뭔가 했더니 어느 이혼한 연예인이 방송에 나와서 한 이야기였다. 나중에 찾아보니 그는 이렇게 말했단다.

"요쿠르트나 우유를 시켜 먹으면 된다. 아주머니께 내가 어디 가면 미리 전화할테니까 3개 이상 쌓여 있으면 경찰에 신고해 달라고 하면 된다."

혼자 고독하게 살고 주변에 친인척도 없이 사는 사람에게 자신이 시체로 발견되는 일이 없게 하려면 이런 방법을 취할 수밖에 없다는 이야기가 웃음과 함께 슬픔을 자아낸다. 고독사가 이제 우리 사회에도 밀어닥칠 것이 분명하다. 일인가구가 이토록 급격히 증가하고 있기 때문이다.

옆집에 김치를 얻어먹던 가난한 모녀가 굶어 죽는 일들이 아직도 우리 곁에서 벌어진다. 조금씩 관심을 가지고 이웃을 살펴야 한다. 생활소음이 폭력소음일 수도 있다는 이야기다. 우린 촉을 발달시켜야 한다. 생명을 사랑하는 촉, 남의 불행을 간과하지 않는 촉 말이다. 내 곁에서 누군가가 가난과 고통으로 굶어 죽는다면 그것은 어쨌든 나에게도 약간의 책임이 있기 때문이다.

추운 겨울이다. 공존하고 소통하는 문화가 아쉽다. 굳이 자선냄비에 돈을 넣지 않더라도 음식을 하거나 먹을 것이 생기면 이웃에 한 접시씩 나눠 먹는 건 어떨까. 그러면서 그들의 형편을 살피는 그것이 내가 사는 사회를 좀 더 안전한 사회로 만드는 길이 아닌가 싶다.

지난 달 강원도 강연을 갔다 오는 길에 산채정식으로 유명한 집을 들렀다. 그 집도 역시 다양하게 상이 꽉 차게 산채 반찬을 올린다. 하지만 그 나물들은 비빔밥을 비벼 먹으면 딱 남지도 모자라지도 않게 준비되어 있었다. 시대를 반영한 것이다. 우리들 사이의 공존 개념도 이렇게 시대를 반영하면서 성장하면 좋겠다.

프로필

- 문학박사, 소설가, 동화작가
- JW기획 대표
- 문화일보 신춘문에 단편소설〈선험〉 당선
- 국제장애인연맹 이사 역임
- 〈가방 들어주는 아이〉 MBC 느낌표 선정
- 〈고정욱 삼국지〉 외 330여권의 저서 발간

폭설

오 만 환

어젯 밤
절정에 올랐어라

도련님
첫 정(情)
푹, 푹

참으로 잘했네
깨끗한
희망
긴, 기다림

겨울 나무

그렇게
웃었다
휘발유 같은 여자이고 싶어요

산비탈 단풍
가슴이
시원했어요

후두둑
서툴렀지만 씩씩한
바람인가요

잡을 수 없지만
그래도
깔깔한 햇살
저물녘

지게와 작대기

아직도 지게를 쓰세요
드문드문
산에 가려면 배낭 대신
아주 좋습니다
아버지도 쓰시던 이 지게

톱과 낫을 들고
쓸만한 나무를 찾는다
벌어진 가지와 알맞은 굵기
어디로 숨었나
가볍고 튼실한 그 놈

먼저 무릎을 꿇어야 한다
땅에게 힘을 주며
너를 짚고 기필코
일어나야 한다
작대기가 욕이 되었던 어지러움

버섯이라도 만날까? 싸리, 표고, 송이
아니다. 돌턱에 빈 지게를 받치고

세상 멀리, 개울 물소리를
듣고, 그래야 산다
군살을 빼려고
지게를 진다 오늘은

꿀벌 추도사

그곳에 가면 생각이 생각을 낳는다.
무릉도원 아니라도
길을 가르쳐 주실 것이다.
꽃과 나무, 기쁨도 커갔다.
저 놈은 국화가 아니고
개망초다
무성한 잡초들,
예초기를 들고 영토를 침략
작업은 순조로웠으나
벌들의 신속한 역습
얼굴 발 엉덩이
아! 아따! 혼비백산
내가 나를 때리며
본능적 후퇴
후방에 정신을 차렸다.
모자와 안경 찾아달라는 말
짚불을 활활, 토벌작전
동생이 외친다.
안경이 문제가 아니고
아니고 뭐!
얼마든지 도망칠 수 있는데

유충(幼蟲)들과 함께하는 최후
극심했던 가뭄
폭우도 다녀간 모과나무 그늘
저기에
그들의 보금자리가 있었다
그렇다. 편을 가르고
달콤함에 취해서
무엇이든 챙기려는 나
참으로 어리석었다
그들의 장렬한 전사!
죽음 뒤의 삶이라
후생(後生)은 있는 것
삼가 명복을 빈다

덕성산에서

안성평야와 진천들을 발아래 깔았다
고구려 신라 백제
마한(馬韓)의 옛 땅
경계지의 전설이 연(鳶)을 띄운다
구름이 바람에게 묻는다
내릴까요? 뜻대로 하시게
이천으로 가는 청미천(淸渼川)이나
세종으로 가는 미호천
평택에 가서 기차를 탈까?
덕성산 요순봉
돌도 없는데 성(城)이라니
성(聖)과 성(性)이 만나서
연애를 하셨나요
병사들은 밥을 어디서 먹고
굴에서 잤을까?
골짜기 밭을 일구고
미모(美貌)가 벼슬인 세상
두툼한 살집(肉德)
숱한 난리에도 착한 마음씨
근심 없이 사는 무수동(無愁洞)
큰 느티나무

산수유, 매실, 감, 다랑논, 풍년 농사
저 멀리 공단을 짓는다고
치마를 들추는데
도시로 떠났던 친구들
이제 돌아온다네
곱게 물드는 단풍

콤바인이 인사를 받는다

밭곡은 시원찮아
들깨, 팥, 동부,
다- 헛것이여
먹을 물도 귀하니
걱정만 태산(泰山)일세
그러게요 마나님께도
있을 때 잘하세요

자네들이 상머슴이여
부릉 부릉!
콤바인이 인사를 받는다
참, 자알- 여물었어요
기꺼이
넘어지는 벼들
낱알이 자루에서 웃다

하늘이 하시는 일
그래도, 사람들이 먼저
아끼고
힘을 모아야지요
콩이 튀면서 알알이 하시는 말씀

그래야 해요

참으로 솔선하여야 해요

프로필

- 1982년 '우리 함께 사는 사람들' 동인
- 1988년 예술계 신인상 당선
- 시집「칠장사 입구」「서울로 간 나무꾼」「 작은 연인들」
- 시평집「식탁 위에 올라온 시」
- 중국어판 詩와 詩評集「自然輿 倫理」(河南人民出版社)
- 1997년 농민문학 작가상, 16회 山문학상
- omh2172@daum.net

억새풀

이 다 경

흐느낌일까
손짓일까
저 해독불가의
수화(手話)

바람은
바람을 따르고
세월은 이별을 따르고

서걱서걱
내 심연의 언덕에서
칼바람 소리를 자맥질 하는
언니, 언니야.

백목련

긴 겨울
언니의 수틀에서 꿈꾸던
봄은
가지마다 그리움으로 피었다

온 몸 불태우면
눈시린 백자(白瓷)
희다 못해
파르스름히 번져가는
꽃그늘 길

수틀은 학이 되고
학은 하늘 되어
옥피리 소리 사라진 저만치
다시 돋는
푸르디푸른
그리움

프로필

- 충남금산 출생
- 경희대학교 일반대학원 국어국문학과 졸업
- 조선문학〈시〉 등단
- 국제 PEN 한국본부 위원
- 세계한글 작가대회 간사
- dklee0826@hanmail